100分間で楽しむ名作小説

黒猫亭事件

横溝正史

角川文庫
24088

はしがき

拝啓、その後は御無沙汰《ごぶさた》。いつかのお便りによると、すこしお加減が悪いというお話でしたが、その後もとどこおりなく「獄門島」が連載されているところを見ると、大したことでもなかったのであろうと拝察。「獄門島」は毎月面白く拝読しています。自分としてはいささか擽《くすぐ》ったき箇所もあれど、小説とあらばやむを得まいと観念しております。今後の御健筆を（但し、なるべくお手柔かに）願います。

扨《さて》。――いつかお邪魔にあがった節、あなたはこんな事をおっしゃいましたね。「本陣殺人事件」で、曲がりなりにも「密室の殺人」を書くことが出来た。今度はどうしても、「顔のない屍体《したい》」を書きたいと。そして、何かそのような事件にぶつかったら、材料を提供して欲しいと。ところが、Yさん、私が東京へかえって来て、最初にぶつかった事件を、なんだと思います。実に、あなたのおっしゃる、「顔のない屍体」の事件だったのですよ。しかもこれはあなたのいわゆる「顔のない屍体」の公式と、だいぶはずれたところがある。

Yさん。私はいまさらのように、事実は小説よりも奇なりという、あのカビの生えた諺《ことわざ》を思い出さずにはいられません。「本陣殺人事件」のはじめに、こういう事件を計画した犯人に、感謝してもいいというようなことを、あなたは書いていらっしゃる。よろしい。では今度はこの恐ろしい「顔のない屍体」の事件を計画した、奸悪《かんあく》無類の犯人に対して、ひとつよく感謝してやって下さい。この事件には、「本陣殺人事件」や「獄門島」の三重殺人事件のような、小道具の妖美《ようび》さはないかも知れない。その点で、あなたのお気に召さないかも知れません。しかし、犯人の計画のドス黒さ、追いつめられた手負い猪《じし》のような、自暴自棄の兇暴さ、そういう意味では、とてもまえの二つの事件の比ではない。

——と、そう私は思っているのですが、ここで多言をついやすのは控えましょう。別便にて、事件に関する書類一切をお送りいたしました。万事はあなたの、御判断によることにいたします。書類にはいちいち、ノムブルをふっておきましたから、その順にお読み下さい。あなたがこの材料を、どういうふうに消化されるか、種々雑多なこの書類を、どういうふうにアレンジされるか、ひとつお手並み拝見といきたいものです。

敬具

金田一耕助拝

以上のような手紙を、疎開地の岡山県の農村で、私が金田一耕助から受け取ったのは、昭和二十二年の春のことであった。

この手紙を読んだときの私の興奮――。実際、私は興奮というよりも、戦慄《せんりつ》をかんじたのである。金田一耕助が、これほど大きな太鼓判を、おしているところからみても、よほど異常な事件であろうことが想像されたし、しかもそれは、私の渇望《かつぼう》してやまなかった、「顔のない屍体」の事件だというのだ！

別送したという書類は、手紙より三日おくれてついた。そして私はいま、その書類を基礎として、ドス黒い犯罪と、それが暴露していく、推理の記録をつづろうとしているのだが、そのまえに一応、金田一耕助と自分の関係を明らかにしておきたい。

昭和二十一年、即《すなわ》ち去年の秋のおわりごろのことである。疎開先の農村で、私は思いがけない人物の訪問を受けた。

その時分、私はまた体をわるくして、寝たり起きたりの生活をしていた。その日も万年床に寝そべって、終日うつらうつらしていた。家の者は山の畑へ藷掘《いもほ》りに出かけて、その時、家にいるのは私ひとりであった。すると、そこへ、ひょこひょこと入って来た男があった。

農家ふうに建っている家のこととて、私の家には玄関などという、気の利いたものはない。その代わりひろい土間があって、腰の高い障子がいちまいはまっている。この障子はとても重くて、あけたてするのに不便だから、日中はあけっぱなしにしてある。土間つづきに四畳半があり、その奥が六畳の座敷になっていた。私はいつもこの座敷に寝ているのだが、胸部に長い痼疾《こしつ》があって、開放生活に慣れてしまった私は、いついかなる場合でも、家中あけっぴろげてある。だから土間へ入って来たひとは、ひとめで奥に寝ている私の姿を見通せるわけである。

それはちょうど黄昏時《たそがれどき》のことであった。私はまた微熱が出たらしく、うつらうつらとしていたのだが、誰か土間へ入って来た気配に、どしりと寝返りをうち、それからあわてて、寝床のうえに起き直った。

土間に立っているのは、三十五、六の小柄の人物であった。大島の着物に対《つい》の羽織を着て、袴《はかま》をはいていた。無造作に、帽子をあみだにかぶって、左手に二重廻しをかかえ、右手に籐《とう》のステッキをついていた。別にどことといって取り柄のない、どっちかというと、貧相な風貌《ふうぼう》の青年であった。着物も羽織も、かなりくたびれているようであった。

私たちは数秒間、まじまじとたがいに顔を見合っていたが、やがて私は寝床のうえから、どなたでしょうかと訊《たず》ねた。すると相手はにやりと笑った。それから、ステッキと二重廻しをそこへおくと、帽子をとっておもむろに額の汗をぬぐいながら、おまえがここの主人であるかというようなことを訊ねた。その態度があまり落ち着きはらっているので、私はいくらか気味悪くなり、いかにも、自分がここの主人だが、そういうおまえは誰だと、とがめるように重ねて訊ねた。すると相手はまたにやりと笑い、それからすこしどもるようなくちぶりで、

「ぼ、ぼく——」

と、名乗りをあげたのだが、それが即ち、金田一耕助であった。

そのとき私がどんなに驚いたか、そしてまた、どんなに狼狽《ろうばい》したかというようなことは、あまりくだくだしくなるから控えるが、しかし、金田一耕助という名が私にとって、どういう意味を持っているか、それについては一言説明を加えておかねばなるまい。

その時分私は、かつてこの村の旧本陣一家に起こった殺人事件を、村の人々から聞きつたえるまま、小説に書きつづっているところであった。しかもその小説は当時まだ雑誌に連載中であった。ところが、その小説——と、いうよりも、その事件の主人公というのが即ち金田一耕助であった。私はその人に会ったこともなければ見たこともなく、むろん諒解を得て書いていたわけではなかった。村の人々の語るところを土台として、それにこうもあろうかという、自分の想像を付

け加えて書いていたのに過ぎなかった。その人が突然名乗りをあげて訊ねて来たのだから、私が驚き、かつ狼狽したのも無理はあるまい。私はうしろめたさに腋《わき》の下に冷や汗の流れるのをおぼえた。座敷へとおして初対面の挨拶《あいさつ》をするときも、かれ以上に口籠《くちごも》ったりした。

金田一耕助は私が口籠ったりどもったりするのを、いかにも面白そうににこにこ笑って見ていたが、やがて、私を訪ねて来たことについて、つぎのように説明を加えた。

自分はいま、瀬戸内海の一孤島、「獄門島」という島からのかえりだが、その島へ渡るまえにパトロンの久保銀造のところへ立ち寄った。ところがそこで、自分のことを小説に書いている人がある、ということをきいて大いに驚いた。自分もその小説を読んだ。そこで島へ発《た》つまえに、雑誌社へ手紙を出して、作者の居所をたずねておいたのだが、島からかえってみると雑誌社から返事が来ていたので、そこできょうこうして、

「因縁《いんねん》をつけに来たんですよ」

と、そういって面白そうに笑った。その笑い声をきいて私はやっと落ち着いた。因縁をつけに来た。――と、そういうくちぶりに、すこしも悪意がかんじられないのみならず、一種の親しみをおぼえたからである。私は急にずうずうしくなり、あの小説についてどう思うかと、甘えるように切り出してみた。するとかれはにこにこ笑いながら、いや、たいへん結構である。自分がたいそう、えらい人間みたいに書かれているので光栄に思っている、ただ、慾をいえば、

「もうすこし、ぼくという人間を、好男子に書いて貰いたかったですな」

はっはっは――と、笑って、かれは頭のうえの雀の巣をめちゃめちゃに掻きまわした。これで要するに、私たちはすっかり打ちとけたのであった。

その時、金田一耕助は三晩、私のうちに泊まっていったが、そのあいだに話してくれたのが、最近かれの経験して来た、「獄門島」の事件であった。かれはそれを小説に書くことも許してくれた。つまりかれは公然と、私を自分の伝記作者として認めてくれたわけである。

さて、かれが三日逗留《とうりゅう》しているあいだに、私たちは探偵小説についてもいろい

ろ語りあったが、その時のことなのである。私が「顔のない屍体」のことを切り出したのは。——私はつぎのようなことを、かれにいったのを憶えている。

　いまからざっと二十年ばかりまえに、自分はある雑誌で、探偵小説のトリックの分類というようなことを試みたことがある。いまその雑誌が手もとにないので、はっきりしたことはいえないが、「一人二役」型だの、「密室の殺人」型だの、「顔のない屍体」型だのと、探偵小説でもっともしばしば扱われるトリックについて、述べたものであったように思う。それから二十年、探偵小説も大いに進歩したが、いまだに、いまあげた三つのトリック——トリックというより、テーマといったほうが正しいのかも知れないが——が、探偵小説の王座をしめているのは興味のあることだ。

　しかし、この三つの型を仔細《しさい》に調べてみると、そこに大きな相違があることに気がつく。と、いうのは、「密室の殺人」や「顔のない屍体」は、それが読者にあたえられる課題であって、読者は開巻いくばくもなくして、ははア、これは「密室の殺人」だなとか、「顔のない屍体」だなとか気がつく。しかし、「一人二役」の場合はそうではない。これは最後まで伏せておくべきトリックであって、この小説は一人二役型らしいなどと、読者に感付かれたが最後、その勝負は作者の負けである。(もっとも、あらゆる探偵小説は、犯人が善人みたいな顔をして出て来るのだから、一種の一人二役だが、それはここにいう「一人二役」型とは別である)

そういう意味で、「一人二役」型と「密室の殺人」型や「顔のない屍体」型はたいへんちがっているのだが、さてまた、「密室の殺人」型と「顔のない屍体」型とでは、これまた大いに趣がちがっている。と、いうのは「密室の殺人」型の場合には、あたえられる課題は「密室の殺人」と、きまっていても、その解きかたは千差万別である。いや、「密室の殺人」という同じテーマに、いかにちがった解決をあたえるかというところに、作者も読者も興味を持つのである。

ところが「顔のない屍体」型の場合はそうではない。もし、探偵小説で顔のない屍体、即ち、顔がめちゃめちゃに斬りきざまれているとか、首がちょんぎられてなくなっているとか、焼け跡から発見された屍体の、相好のみわけもつかなくなっているとか、さてはまた、屍体そのものが行く方不明になっているとか、そんな事件にぶつかったら、ははあ、これは被害者と加害者とがいれかわっているのだなと、すぐそう考えても、十中八九まず間違いはない。即ち、「顔のない屍体」の場合では、いつも、被害者であると信じられていたAは、その実被害者ではなくて犯人であり、犯人と思われているB——そのBは当然、行く方をくらましているということになっている——これが、屍体の御当人、即ち被害者である。と、いうのが、少数の例外はあるとしても、いままでこのテーマを取り扱った探偵小説の、たいていの場合の解決法である。——と、そんな事を得意になってしゃべったのち、

「ねえ、これ、妙じゃありませんか」

と、私はいった。

「探偵小説の面白さの、重要な条件のひとつとして、結末の意外さということが強調されているんですよ。ところが、『顔のない屍体』の場合に限って、誰の小説でも犯人と被害者のいれかわりなんです。つまり『顔のない屍体』の場合にかぎって、事件の第一歩から、読者は犯人を知っているんですよ。これは作者にとってたいへん不利なことですよ。ところが、その不利を意識しながらも、たいて

いの作家が、きっと一度はこのテーマと取っ組んでみたいという誘惑をかんじるらしいんです。つまり、このテーマにはそれだけ魅力があるんですね」

「すると、何ですか」

と、金田一耕助は面白そうに訊ねた。

「探偵小説で『顔のない屍体』が出て来ると、きっと犯人と被害者がいれかわっているんですか」

「まあ、そうです。たまには例外もありますが、やはり犯人被害者いれかわりという公式のほうが、面白いようですね」

「ふうむ」

と、金田一耕助はうなって、しばらく考えこんでいたが、

「しかし、例外よりも公式のほうが面白いというのは、絶対の真理ではありませんね。そのことはただ、いままで書かれた小説の場合、そうであったというだけで、今後、『顔のない屍体』を扱いながら、犯人被害者いれかわりでなく、なおかつ、それ以上の面白味を持った探偵小説が、うまれないとも限りませんね」

「そ、それなんですよ」

と、私は思わず膝を乗り出した。

「私もそれを考えているんですよ。ねえ、金田一さん、いままであなたの扱った事件のうちで、そういうふうな、事実は小説よりも奇なりというような事件はありませんか。私も探偵作家のはしくれであるからには、いつかこのテーマを取りあつかって、犯人と被害者いれかわりという、公式的な結末以上の結末をもって、探偵小説の鬼どもを、あっといわせてやりたくてたまらないんですよ」

私が興奮して、口から唾をとばしながらそんな事をいうと、金田一耕助はにこにこしながら、

「さあ、――いままで扱った事件のうちにはなかったようですね。しかし、まあ、失望なさる事はない。世の中には、ずいぶんいろんなことがある。また、ずいぶん、いろんなことをかんがえる人間がいる。だから、いつ、なんどき、あなたの御註文にはまるような事件に、ぶつからないとも限らない。そんなのがあったら、さっそく御報告することを、いまからお約束しておきましょう」

金田一耕助はその約束を守ってくれたのであった。

さて、小包みがついたとき、私がどんなに興奮したか、そしてまた、書類を読んでいくにしたがって、私がどのように戦慄したか、それらのことは、ここでは一切述べないことにする。そうでなくても、長くなった前置きに、さぞや読者諸賢が、しびれを切らしていられることだろうと思うからである。

しかし、もう一言だけいわせて貰いたいのだが、その書類というのは、金田一耕助の手紙にもあるとおり、実に種々雑多な記録の集まりであった。私はそれらの書類を、いったいどういうふうに処理すべきか、たいへん迷ったことである。いっそ、外国の小説によくあるように、そのまま、順次ならべていこうかとも思ったのだが、それでは読む人にとって、まぎらわしいような気がしたので、やはり小説ふうに書いていくことにした。金田一耕助もいっているとおり、はたしてうまく消化出来るかどうか、それは読むひとの判断にまつよりほかはない。

一

この事件の起こったG町というのは、省線電車の環状線を、外側へとおくはずれたところにあって、渋谷《しぶや》駅でおりてから、もう一度、私鉄にのらなければならないような、へんぴなところにある町である。付近いったい起伏の多いところで、いたるところに急な坂があり、故老の話によると、九十九坂あるそうである。九十九坂はちと大袈裟《おおげさ》としても、とにかく坂の多いところで、そういう地形のせいか、東京の近郊としては発展がおくれて、いまから十五、六年まえまでは人家もまれに、まだ多分に武蔵野の面影をのこしていた。

ところが、日華事変のはじまる前後から、急に様子がかわって来た。近所に大きな軍需工場と、それを取りまく下請け工場が出来てから、G町のあたりもにわかに活気を呈しはじめた。つぎからつぎへと人家がたって、またたくまに九十九坂を埋めてしまった。G駅付近は、道路がアスファルトで舗装されて、G町銀座と称するところの商店街が出来あがった。怪しげな飲み屋やカフェーがいたるところに出現した。こうして、そのかみの殺風景な武蔵野のあとへ、より以上殺風景で落ち着きのない、ごたごたとした町が出来あがったのである。

戦争中この町が、どう変貌《へんぼう》したか私は知らない。しかし、金田一耕助の送ってくれた、新聞記事などから想像するに、戦災をうけたことはうけたが、潰滅《かいめつ》したわけではなく、少なくとも、駅を中心とするG町銀座の一劃はのこっているらしい。そして、戦災をまぬがれたどの町もそうであるように、このへんも戦後むやみに人がふえて、戦争前以上に秩序のない、不健全で出たらめな、いかにも敗戦後の日本らしい、繁栄ぶりを見せているらしい。

私も知っているが、G町銀座というのは、駅の正面からまっすぐに、西へ三丁ほどつづく下り坂で、坂になっているところに趣があった。いわゆる九十九坂のひとつで、昔からG坂とよばれている。ところが、この表通りから一歩横町、裏通りへ足をふみいれると、これがたいへんなのであった。

そこは俗に、G町の桃色《ピンク》迷路とか、地獄横町とかいわれ、隘《せま》くて、暗くて、迷路のように不規則なみちの両側には、夜になると、いたるところに赤い電燈や、菫色《すみれいろ》の電燈がついた。そして、どの家にも、どぎつい化粧をした女が二、三人いて、夜おそくまで、騒々しい電気蓄音器をかけたり、みだらな声をはりあげて唄《うた》をうたったり、そしてかわるがわる、男といっしょに、すうっと二階へあがっていったりするのであった。

　ところで、面白いのは、そういう色情地獄の迷路のなかに、まだ多分に、武蔵野の名残《なご》りがのこっていることで、赤い灯《ひ》のつく酒場の隣に、昔ながらの草葺《くさぶ》きの農家があったり、菫色の灯のつくチャブ屋のうらに、古風な寺や墓地があったりして、それがいっそうこのあたりの風景に、複雑怪奇な色彩をそえているのだが、そういう情景は、戦後のいまも、たいしてちがっていないらしい。これからお話ししようとする事件は、そういう町の一隅で起こった出来事なのである。

　それは昭和二十二年三月二十日、午前零時ごろのことであった。G坂にある派出所詰めの長谷川巡査が、コツコツとこの桃色迷路を巡廻していた。

　いったい戦後は、こういう盛り場などの取り締まりが、かなり投げやりにされているが、そこはよくしたもので、交通の不便や、都会の夜の物騒さから、しぜん看板時間などは、戦争まえより早くなっている。昔ならば午前零時といえば、まだ宵《よい》の口みたいなものだったが、ちかごろでは、もうどの店でも灯を消して寝しずまっている。

その晩、長谷川巡査は北の裏通り、俗に裏坂とよばれている坂を、だらだらと下っていた。この裏坂は不規則にうねうねうねっているうえに、界隈《かいわい》でもとくに武蔵野の名残りが、強くのこっているところで、あちらに寺があったり、こちらに墓地があったり、更にそこから北へかけては、かなりひろい範囲にわたって焼けているので、まことに淋《さび》しいところであった。長谷川巡査はそういう暗い、淋しい裏坂を、コツコツとくだって来たが、途中でおやと足をとめて、坂の下をのぞきこんだ。そこから坂は急にけわしくなって、約十間ばかり、突き落としたように道が落下しているが、それがふたたびゆるやかになるところに、南北の道が交叉《こうさ》していて、その道を左へいけば、G町銀座の表通りへ出られるのである。長谷川巡査がのぞきこんだのは、その四つ角の左側にある家の裏庭であった。そこにちらちらと灯がまたたいているのみならず、耳をすますと、ざくっ、ざくっ、と土を掘るような音がきこえて来るので、長谷川巡査が、はっと胸をとどろかしたのも無理ではなかった。

このへんの地理に明るい長谷川巡査は、そこがどういう家かよく知っていた。「黒猫」といって、夜になると、菫色の灯のつく酒場のひとつなのだが、長谷川巡査はその「黒猫」について、つぎのようなことを思い出した。最近までその店を経営していた人は、一週間ほどまえに店を他人に譲りわたして、どこかへ引っ越してしまった。そして、あとを引き受けた新しい主人は、目下家を改装中だが、まだこちらへ引き移って来ていないので、夜になるとその家は、空き家同然になってしまうのである。

そのことを思い出した長谷川巡査は、心にふかく怪しみながら、足音をしのばせて坂を下ると、坂の途中にある「黒猫」の裏木戸へしのびよった。そして身をかがめて（と、いうのは、その木戸は坂道より一段ひくいところにあったので）木戸のすきまからなかをのぞきこんだが、胸騒ぎはいよいよはげしくなった。

その庭はあまりひろくなく、十坪あるかなしであろう。「黒猫」のうしろには、蓮華院《れんげいん》といって、そのへんでも古い日蓮宗のお寺があるのだが、この寺は敷地は「黒猫」よりも一段高くなっている。だから「黒猫」の庭は、うしろを蓮華院のたかい崖《がけ》でさえぎられ、しかも、その崖は向こうへいくほど、「黒猫」のほうへはみ出しているので、庭は不規則な直角三角形をしている。灯の色がちらちらするのは、その三角形のいちばん奥のすみであった。

長谷川巡査は眼がなれて来るにしたがって、その灯というのが、崖の木にぶら下がっている提灯《ちょうちん》であること、それから向こうむきになって、何やら一生懸命に、土を掘っている人物のあることをみとめた。そのひとは、光を向こうからうけているので、よくわからなかったが、どうやら、和服の尻はしょりをしているようであった。シャベルを土に突っこんでは、片脚をあげてぐっと踏む。そして土をかきのけるのである。何んのためにそんなところに、穴を掘っているのかわからないが、わきめもふらず、おりおり汗をふくのさえもどかしそうであった。

ざくっ、ざくっ、と土を掘る音。えたいの知れぬ無気味さが、ほのぐらいあたりの闇《やみ》を這《は》っている。

「あっ！」

突然、土を掘っていた男が、ひくい叫び声をあげた。それからシャベルを投げ出すと、犬のように四つん這いになって、両手でパッパッと土を掘りはじめた。はじきとばす土の音にまじって、はっはという、はげしい息遣いがきこえて来るところからみても、その男自身、いかに興奮しているかがうかがわれるのであった。

きゃっ！

ふいに、その男が悲鳴をあげて、はじきとばされたように穴のそばからとびのいた。とびのいたまま、まだ及び腰で、穴のなかを見つめている。その後ろすがたが、夜目にもしるくふるえているのを見ると、長谷川巡査は急にはげしく戸を叩きはじめた。

「開けろ、開けろ」

だが、長谷川巡査はそんなことを怒鳴るひまに、塀を乗りこえたほうが、ちかみちであることに気がついた。長谷川巡査は二、三歩坂を駆けのぼると、はずみをつけて塀にとびつき、そこからなかを見ると、例の男が背中を丸くして、こっちを見ていたが、逃げ出しそうな気配は見えなかった。塀からとびおりて、

「どうしたんだ。何をしているのだ」

そばへ駆け寄っていくと、相手は急におびえたようにあとじさりしながら、穴の向こうへまわった。それではじめて提灯の灯と、長谷川巡査の携えた懐中電燈の灯が、まともに顔を照らしたので、長谷川巡査はやっと相手が誰であるかわかった。それは崖のうえにある蓮華院のわかい僧で、名前はたしか日兆というのであった。

「ああ、君か。――いったい、こんなところで何をしているのだ」

長谷川巡査の詰問に、日兆は何かこたえようとするらしかったが、顎ががくがくけいれんするばかりで、言葉はろくにききとれなかった。

「ど、どう……」

もう一度、おなじことを訊ねようとして、長谷川巡査は、足下の穴へ眼をやったが、とたんに、

「うわっ!」

われにもなく悲鳴をあげて、はじかれたようにうしろへとびのいた。それから自分の眼をうたがうように、懐中電燈を下へむけて、穴のなかを見直した。穴のなかには、半分土でおおわれた女の屍体がよこたわっていた。多分日兆が掘り出

して、そこまでひきずり出したのだろう。腰から下はまだ土のなかに埋まっていたが、それにも拘《かかわ》らず長谷川巡査が、とっさにそれを女と判断したのは、その屍体が裸であったこと、したがって掘り出された上半身は、まだ土と泥とにまみれているとはいうものの、仰向けに寝かされているその屍体の、乳房のほんの僅かにしろ、男とちがうふくらみだけはおおうべくもなかった。長谷川巡査は懐中電燈の光の輪を、顔のほうへ這わせていったが、そのとたん、

「…………！」

声にならぬ悲鳴をあげて、懐中電燈の柄《え》も砕けんばかりに握りしめた。

ひと呼吸、ふた呼吸おいてから、反射的に日兆のほうをふりかえると、かれの握りしめている濡《ぬ》れ手拭《てぬぐ》いに眼をやって、それからまた改めて屍体の顔に眼を落とし、さらに強く懐中電燈の柄を握りしめた。庭の隅にある水溜まりで手拭いをしめして、日兆が顔の泥だけ拭いとったにちがいない。日兆もこの屍体の主が誰であるか、一刻もはやく知りたかったにちがいないが、果たしてかれにはこの顔が、誰であるか識別できたであろうか。

いいや、それはもう顔とはいえなかった。強いていえば、顔のあった廃墟とでもいうべきであろうか。もう完全に腐らんして、ちぢれあがった上下の唇のしたから、白い骨がのぞいている。もう眼も鼻もなくなっていた。かつてそこに眼があり鼻があったあたりには、うつろの穴がひらいていて、その周辺にいくらか残った肉片らしきものが、灰色に硬化してちぢれていた。頭部にはまだいくらか皮膚がのこっているとみえ、わずかの髪の毛が水に濡れて、ねっとりと廃墟のうえにこびりついていたが、それは男か女か、判断がつきかねるほど短かった。

これだけでも、世にも無気味な眺めだったが、さらにそれをいっそう無気味なものにしているのは、その廃墟のうえをいちめんにおおうている、無数の白い小さい虫である。その虫どものの小休みのない蠕動《ぜんどう》のために、懐中電燈の光のなかで、顔全体がかげろうのように、揺れ動いているかのごとく見える。……

長谷川巡査はいまにも嘔吐《おうと》を催しそうになり、急いで懐中電燈の光の輪を、そのいやらしいものから日兆のほうへむけた。

「ど、どうしたんだ。この屍体はいったい誰だ。君はまた、どうしてこんなところを掘っていたんだ」

と、たたみかけるように訊ねた。それに対して日兆は、なにかいおうとして唇を動かしたが、相変わらず顎ががくがくけいれんするばかりで、言葉はハッキリききとれなかった。鉢のひらいた醜いかおが、おしへしゃげたように歪《ゆが》んで、青黒い額に太い血管が二本、みみずのようにふくれあがっているのが気味悪かった。それにその時の日兆の眼だ。血走ってギラギラ光る眼は、まるで気が狂っているようであった。長谷川巡査は、穴から掘り出された屍体も屍体だけれど、日兆青年のそのかおに、より以上ものすごいものをかんじて、思わずぞうっと眼をそらした。

二

これがまえにもいったとおり、昭和二十二年三月二十日、午前零時ごろのことで、それからいよいよ捜査活動という段取りになるわけだが、何しろ事件の発見された時刻が時刻だから、警察の人々が現場にそろったのは、もう夜のひきあけごろの事であった。その中に村井という老練の刑事があったが、（以下しばらく私は、この人を中心として話をすすめていきたいと思うのだが）かれが、現場へついて、第一番にやったことは、付近の地形や地理を調べることであったらしい。金田一耕助の送ってくれた書類のなかに、そのとき村井刑事のとった見取り図と、それに関する説明がきが入っているが、それによると「黒猫」の付近は、だいたいつぎのようになっているらしい。

まえにもいった蓮華院という寺は、昔はかなり大きなものだったらしく、その境内はいまでも表通りから裏坂までひろがっている。即ち、蓮華院の山門は、賑《にぎ》やかなG町銀座のほうにあって、「黒猫」のある裏坂のほうは寺の背後にあたっており、そこには、武蔵野のおもかげをとどめる雑木林にとりまかれて、かなり荒れはてた墓地があった。さて、まえにもいったとおり、そのへんいったい西にむかって傾斜しているのだが、蓮華院の西っ側、即ち「黒猫」の背後にあたるところで、急に大きな段落をなしている。しかもその崖は、「黒猫」のまえの通り、即ち、G町銀座の表通りと、裏坂をつなぐ南北のみちまではみ出しているので、「黒猫」は家の二方面、つまり東と南をこの崖でとりかこまれていることになる。

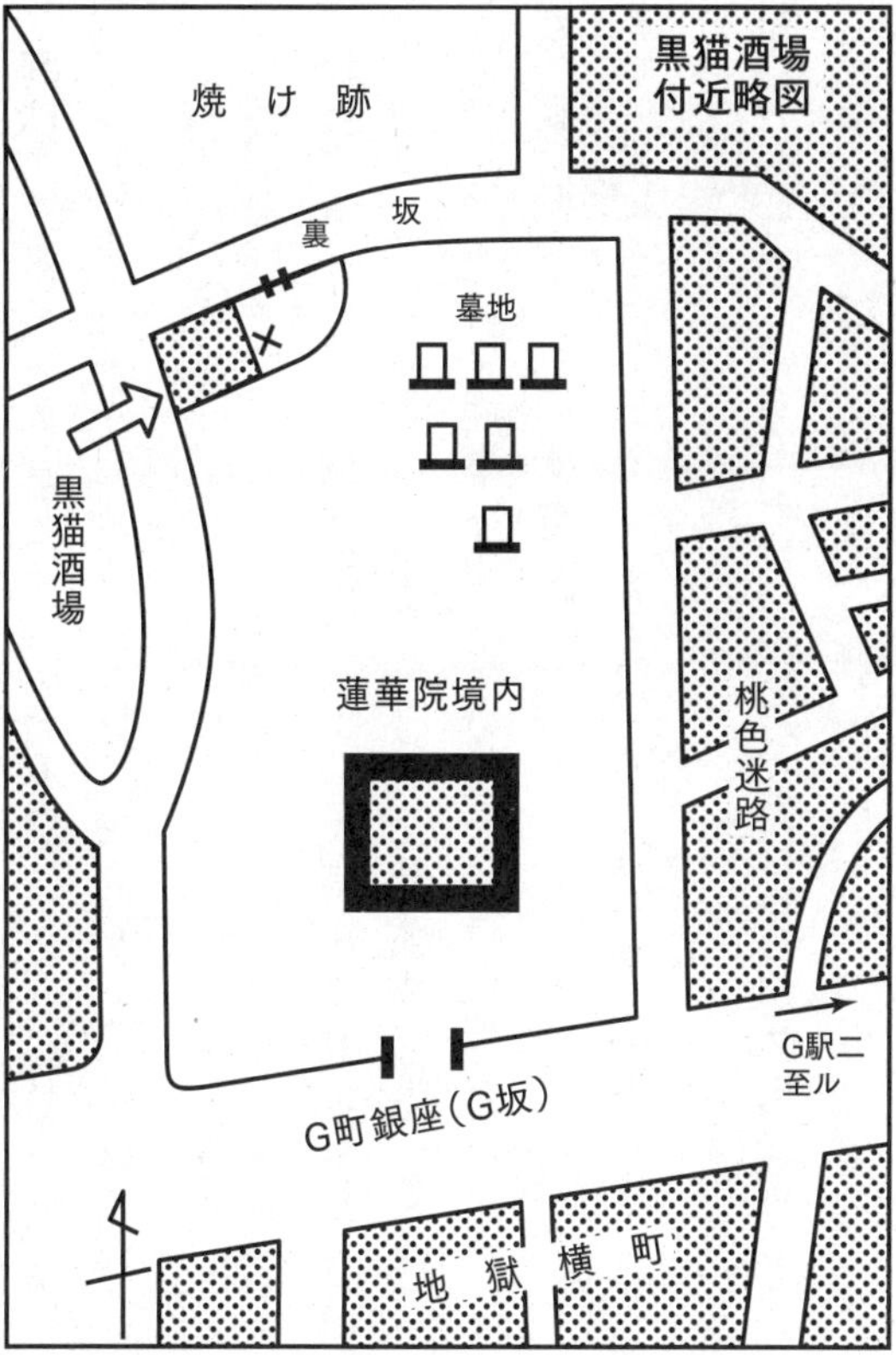
黒猫酒場
付近略図
焼け跡
裏坂
墓地
黒猫酒場
蓮華院境内
桃色迷路
G駅ニ
至ル
G町銀座（G坂）
地獄横町

という ことは、「黒猫」には軒をならべる隣家がなくて、しかも裏坂をへだてる西北の一劃は、いちめんの焼野原になっているのだから、一軒ポツンと孤立して立っているのも同然で、こういう地形から見ても、いかさま、陰惨な犯罪にはお誂《あつら》えむきの場所とおもわれた。

さて、村井刑事はこれだけのことを見てとった後、「黒猫」の裏庭へはいっていった。検屍はもうすんで、屍体は解剖のために運び出されたあとだったが、司法主任の指図で、わかい刑事たちがまだ丹念に、庭のあちらこちらを掘ってみているところであった。村井刑事は司法主任のほうへ近づいていった。

「検屍の結果はどうでした。死後どのくらいたっているのですか」

「だいたい三週間ぐらいだろうというんだがね。むろん、解剖の結果をみないと、正確なところはいえないが……」

「三週間というと、きょうは二十日ですから、先月のおわりか、今月のはじめということになりますね」

「まず、そんなところだろうね」

「すると、それ以来、屍体はここに、埋められていたということになりますか。それで、よく、誰にも気付かれなかったもんですね。近所で聞くと、まえの経営者がひっこしていったのは、一週間ほどまえのことだというんでしょう。それまでは、経営者夫婦のほかに、女が三人いたという、その連中が、全部共犯者とは思えないのに、どうして気付かなかったもんですかね。屍体を埋める穴といやア、ちっとやそっとの事じゃない。相当広範囲にわたって、掘りかえした跡がのこる筈ですからね」

「ところがね、犯人はうまいことを考えたんだよ、ほら、見たまえ。この落ち葉だ、犯人はこれで、穴を掘った跡をかくしておいたんだよ」

なるほど――と、うなずいて村井刑事は頭上を見上げた。そこには蓮華院の雑木林が、うっそうとしげっていて、「黒猫」のせまい庭をおおうていた。

「ところで、死因は？　むろん他殺でしょうね」

「もちろん他殺だよ。後頭部に、ものすごい一撃をくらっているんだ。見たまえ、あれが兇器だ。さっき屍体といっしょに掘り出されたんだがね」

司法主任は足下の蓆《むしろ》のうえを指さした。さっきまで、屍体を寝かしてあったその蓆のうえには、土にまみれた薪割《まきわ》りが、一挺《ちょう》ほうり出してあった。それは郊外住まいの家庭なら、どこにでもありそうな小さな薪割りで、いかさま、手頃の兇器とおもわれた。村井刑事はその薪割りの、刃や柄についている黒いしみをみると、思わず顔をしかめたが、ふと、そばを見ると、

「ところでこの髪の毛は——おや、これはかもじですね。これはどうしたんですか」

「やっぱり、おなじ穴から出て来たんだよ。被害者は添え毛をしていたんだね。ちかごろじゃ、女はみんな断髪だから、髪を結うとなると、そんなかもじが必要なんだね」

「すると、被害者は、かもじをつけた女ということになりますね。ほかに何か。……身許《みもと》のわかるようなしろものは。……」

「なんにもない。完全に素っ裸なんだからね、わかっているのは二十五から三十までの女——と、ただそれだけだ。しかし、なに、先月の終わりから今月のはじ

めへかけて、この近辺で行く方のわからなくなった女、それを調べていけば、だいたい見当がつくだろう」

司法主任はしごくあっさりそういったが、それがいかに困難な仕事であったか、後になってわかったのである。

「ときに、日兆という坊主ですがね、あいつはどうして、ここに屍体のあることを知っていたんですか」

「さあ、それだよ。あの男とても興奮していて、まだ取り調べる状態になっていないんだが、昨夜、長谷川巡査にしゃべったところによると、だいたいこうらしい。二、三日まえ、あの男が崖のうえを通りかかると、この庭で、何やらがさがさという音がする。何気なく覗いてみると、犬が落ち葉をかきさばいているんだが、すると、ふいににょっきり、人間の脚らしいものが落ち葉の下から覗いたというんだ。しかし、そのときはおりて来て、たしかめてみる勇気はとてもなかった。ところがそれ以来というもの、そのことが気になって、気になってたまらない。忘れようとすればするほど思い出す。しまいには、夢にまで見るしまつなので、昨夜とうとう、意を決してたしかめに来た。――と、こういうんだ。見たまえ、そこの崖ンところに、人の滑りおりた跡があるだろ。そこから、シャベルをかついでやって来たんだね。妙な奴だよ。そんなに気になるのなら、交番へでもとどけて出ればよいものを、その勇気もなかったという。もっとも、果たしてそれがほんとうに人間の脚かどうか、確信もなかったんだろうがね。それにしても変だよ。後であってみたまえ。すこし精神に異常を来たしているんじゃないかと思う。それに……ええ、なに、何かあったのかい」

さっきから、崖下を掘っていた刑事のひとりが、妙な声をあげたので、司法主任は急いでそのほうへとんでいった。村井刑事ものこのこと後からついていった。

「猫ですよ。ほら、御覧なさい、こんなところに黒猫の屍体が埋めてあるんです」

「黒猫――?」

司法主任と村井刑事は、驚いたように、刑事の掘った穴のなかをのぞきこんだ。なるほど落ち葉まじりの土の下から、まっくろなからす猫の屍体が半分のぞいている。

「猫が死んだので埋めたのですね。このまま埋めておきましょうか」

「いや、ついでのことに掘り出してみたまえ」

司法主任の言葉に、わかい刑事が掘りすすめているところへ、

「猫ですって？」

と、声をかけながら、横の木戸から、はいって来たのは長谷川巡査であった。

穴のなかを覗いてみて、

「ああ、クロですね」

「クロ？　君はこの猫を、知っているのかね」

「ええ、ここの看板猫ですよ。名前が『黒猫』だから、それにちなんで黒猫を飼っていたんです。いつ、死んだのかな。――あっ」

穴を取りまいていた人々は、いっせいにわっと叫んで顔色をかえた。周囲の土を取りのけたわかい刑事が、シャベルのさきで、猫の屍体をすくいあげたとたん、だらっと首がぐらついて、いまにも胴からもげそうになったからである。なんとその猫は、ものの見事に咽喉《のど》をかききられて、首の皮一枚で、胴とつながってい

るのだった。

「こいつはひどい」

さすがのなれた村井刑事も、顔をしかめて、思わず眼をこすった。

「ふうむ」

と、司法主任も太いうなりごえをあげると、

「とにかく、その屍体は大事にしておいてくれたまえ。今度の事件になにか関係があるのかもしれん」

そこから、長谷川巡査のほうをふりかえると、

「君はこの猫が、いつごろいなくなったか知らないかね」

と、訊ねた。

「さあ。――気がつきませんでした。しかし、ああ、そうだ。つい、五、六日まえまでいましたよ。まえの経営者がひっこしていって、ここが空き家同様になってからも、黒猫がうろうろしているのを見たことがあります」

「五、六日まえ？」

司法主任は眼をみはって、

「馬鹿なことをいっちゃいかん。この猫を見たまえ。はっきりしたことはいえんが、死んでから、十日や二十日はたっているぜ」

「しかし、私はたしかにちかごろこの猫を見ましたがねえ。おかしいなア。なるほど、これ、ずいぶん腐っておりますねえ」

長谷川巡査は帽子をとって頭をかきながら、困ったように小首をかしげた。司法主任と村井刑事は思わず顔を見合わせた。何かしら恐ろしいもの、変梃《へんてこ》なかんじが、ふうっと二人の胸をかすめてとおった。一瞬、誰も口を利くものはなかったが、猫の屍体を掘り出したわかい刑事が、ふいにシャベルを投げ出して、ぴょこんと、うしろへとびのいたのはその時だった。

「ど、どうしたんだ。何かあったのか」

「む、む、むこうに黒猫が……」

「えっ？」

まったく、人間の感情なんて妙なものである。ふだんならば黒猫であろうが白猫であろうが、たかが猫一匹に驚くような人物は、ひとりもそこにはいなかった筈だが、このときばかりは文字どおり、みんなぎょくんと跳びあがったのである。なるほど、わかい刑事のいうとおりであった。蓮華院の崖のうえから、まっくろなからす猫が、しんちゅう色の眼を光らせて、じっとこちらをうかがっている。つやつやとした見事な黒毛が、枯れ草のなかから、異様な光沢をはなっていた。

「クロ、クロ……」

村井刑事がこころみに呼んでみると、枯れ草のなかから黒猫が、

「ニャーオ」

と、人懐っこい声をあげた。

「来い、来い、クロよ、クロよ」

村井刑事が猫撫で声で呼んでやると、

「ニャーオ」

と、甘えるような声をあげながら、黒猫はのっしのっしと崖をおりて来た。そして、そこに立っているひとびとを、とがめるような眼で見上げていたが、その

まま、勝手口からなかへ入っていった。

「なあんだ。猫は二匹いたんじゃないか。長谷川君、君がちかごろ見たというのは、いまのやつだろう」

「そうかも知れません。でも、よく似ているものだから……」

「ふん、どっちも黒猫だから見分けがつかない。それに大きさも同じくらいだし、……つまり、まえの猫が死んだので、どこからか、後釜《あとがま》を持って来ておいたんだね」

「そうかも知れません。私も猫の戸籍まで調べるわけではありませんので、つい気がつきませんでした」

長谷川巡査は柄にもなく警句を吐いた。司法主任は苦笑いしながら、

「そうそう、戸籍といえば、戸籍簿持って来たろうね」

「ええ、持って来ました。ついでに、町会の事務所へも寄って、調べられるだけのことは調べて来ました」

「ああ、そう、じゃ、なかへ入って聞こう。村井君、家の中をよく調べてくれたまえ。犯行はこの家ン中で、行なわれたにちがいないと思うが、と、すれば、き

っとどこかに、痕跡がのこっている筈だからね」

司法主任は長谷川巡査をつれて、勝手口からなかへ入っていった。

こういう商売をする家の、どこでもがそうであるように、「黒猫」も、とおり庭になっていて、勝手口から入っていくと、すぐ左に六畳の部屋があった。そこが経営者夫婦の居間になっていたらしく、階下で畳がしけるのはそこだけで、ほかは全部土間になっており、表の酒場とこの居間とのあいだに調理場があった。司法主任と長谷川巡査は、この調理場を抜けて、表の土間へ出ていった。

まえにもいったとおりこの店は、目下新しい経営者の手で改装中なのだが、朝が早いので、まだ大工も職人も来ていなかった。土間には削りかけの板があちこちに立てかけてあり、鉋屑《かんなくず》がいちめんに散乱していた。司法主任は土間のすみにあるテーブルに、椅子をひきよせて腰をおろすと、

「君もそこへ腰をかけたまえ」

と、相手の腰をおろすのを待って、

「よし、それじゃ話をきこう」

と、促すように長谷川巡査の顔を見た。

三

「この家には一週間ほどまえ、正確にいえば今月の十四日まで、三人の男女が住んでいました。主人夫婦と女が一人、ほかに女がもう二人いたのですが、これは通いでした」

と、長谷川巡査が戸籍簿や、町会事務所の帳簿のうつしなどを、参照しながら語るところによると、だいたいつぎのとおりであった。

主人夫婦は糸島大伍にお繁といって、戸籍簿によると、大伍は四十二、妻のお繁は二十九歳であった。かれらがこの店を引き受けて、商売するようになったのは、昭和二十一年七月、即ち去年の夏のことで、町会事務所にある転入届けを見ると、そのまえには大伍は中野、お繁は横浜と別々に住んでいたらしい。そして、更にそのまえには、ふたりとも中国にいたらしいというのである。

「ほほう、すると二人は引き揚げ者なのかね」

「どうもそうらしいんです。このことは、お君——お君というのは住み込みの娘ですが——そのお君の話なんです」

糸島大伍というのは、こういう商売をしている男に似合わず、おだやかな顔付きをした人物だった。やや太り肉《じし》の、あから顔の男で、いつもにこにこしていて、格別鋭いところもなく、どちらかというと、ゆったりとしたものごしだが、それそれでも結構ひとりで、バーテンからコック、仕入れから買い出しまでやってのけた。

さて、妻のお繁、即ち「黒猫」のマダムだが、この女は戸籍簿にも町会の名簿にも、二十九歳と出ているが、実際はもう少し老けてみえた。ひとつには、それは彼女の髪容《かみかたち》のせいだったかも知れない。

「ながらく外地にいたものだから、かえってこんな姿に心がひかれるのよ」

そういって彼女はいつも、銀杏返《いちょうがえ》しかなんかに結って、渋い好みの着物を着ていた。細面《ほそおもて》の、痩《や》せぎすの、姿のよい女で、顔立ちも万事細作りながら、かっきりとした眼鼻立ちをしていたが、いささかととのい過ぎて、かえって淋しく、それにいくらか安手に見える難があった。しかし何んといっても、この界隈で、彼女に太刀討ち出来るほどの女はいなかったので、「黒猫」の客はたいてい、彼女がお目当てだった。

さて、このほかに「黒猫」にいたのは、いまいったお君という女と、ほかに二人、加代子、珠江という通いの女があった。お君というのはまだ十七、色気も欲気もまだまだで、白粉《おしろい》の塗りかたさえ満足に知らぬという山出し娘、店へ出ることは出たが、マダムもさすがに客はとらせなかった。そういう女としてよりも、むしろ女中がわりに使っていたらしい。

加代子は自称二十三、珠江はおなじく、二十二ということになっていたが、どっちもほんとうの年齢は保証の限りではない。二人とも、負けず劣らずどぎつい化粧をして、負けず劣らず国辱みたいな洋装をしていたが、珠江のほうが、食糧不足はどこの国の話かと、いわぬばかりの肉付きをしているのに反して、加代子のほうはきりぎりすのように痩せて、姿のよいのを誇りとしていた。

「――と、以上五人が、一週間ほどまえまで、この『黒猫』にいたわけです」

「なるほど。それで、五人の行く方はわかるだろうね」

「ええ、それはすぐわかると思います。糸島夫婦とお君とは、転出証明をとっていってるのですし、加代子と珠江はここの改装が出来たら、またやって来ることになっているそうですよ」

「ふうむ、すると、その四人のなかに、あの屍骸に該当する奴はないね」

長谷川巡査は思わず眼をみはって、司法主任の顔を見直した。彼はいままで、夢にもそんなことは、考えていなかったらしい。

「どうも失礼いたしました。これは私の言葉が足りなかったのです。糸島夫婦がひっこしてからも、私はお君や、加代子や、珠江にあったことがありますよ。加代子と珠江は、店がしまった日だから十四日のことです。道でバッタリ会ったので、おまえたち、商売を止すというじゃないかと訊ねると、ええ、でも、お店の改装が出来たら、また働くことになっているの。今度の主人が、ぜひ来てくれというのよ、と、いうようなことをいっていました。それからお君にはその前日、町会事務所であいました。お君は転出証明をとりに来たんですが、そのとき、お払い箱になったから、目黒の叔母《おば》のところへでも行こうといっていました」

「それで、マダムのお繁は……？」

「マダム……？　マダムは、しかし……ねえ、警部さん、あの屍骸が殺されたのは、先月の終わりか、今月のはじめってことになっているんでしょう。それから店を仕舞う十四日まで、マダムの姿が見えなかったら、なんとか話がありそうなもんだが……ああ、そうそう、マダムにもその後、会ったことがありますよ。そうです。十四日の晩でした。御存じのとおり私のいる交番は、この横町を出たところにあるでしょう。私が交番の表に立っていると、亭主の糸島大伍とマダムがならんで、急ぎあしにまえをとおっていきましたよ。そのとき私は、いよいよ家を引きはらって、出ていくんだなと思ったから、十四日の晩にちがいありません」

「なるほど、それじゃあの屍骸は、『黒猫』のものじゃないということになるな。ところで、糸島夫婦はどこへ越していったんだね」

「それが、かなり遠方なんで……神戸なんですよ」

「神戸……？　ふうむ」

司法主任はそこでしばらく、黙ってかんがえこんでいたが、急に体をまえに乗

り出すと、

「さて、最後にもうひとつ、長谷川君、これが一番肝腎な質問だが、糸島夫婦はどういう口実で、店を譲ることにしたんだね。近所では、それをどういうふうに見ているんだね」

「さあ、そのことですがね。それについちゃ、みんな不思議に思っていたんです。そりゃこういう商売も、仕込みが万事ヤミですから、見かけほど楽じゃないにちがいないが、『黒猫』はたしかに当たっているという評判でした。だから、急に店を譲るという話をきいたときには、近所のものばかりではなく、加代子も珠江も驚いたらしいんです。ところが、お君は――お君だけがおなじうちに住んでいただけあって、事情をうすうす知っていたらしいんですが、いつか町会の事務所であったとき、こんな話をしていましたよ」

糸島夫婦が中国からの、引き揚げ者であることはまえにもいった。お君もかれらがどこにいたのか、よく知らなかったが、なんでも華北の相当奥だったらしい。ところがそこへ終戦が来て、日本人は全部送還されることになり、夫婦は奥地から天津《てんしん》へ出た。その途中ではぐれたのか、それとも、乗船するときはなればなれになったのか、ともかく、夫婦が日本へかえって来たのはいっしょではなかった。お繁のほうが、半年ほど早かったのである。

さて、ひとりぼっちの、無一物の、しかも外地に長くいたために、内地に識り合いを持たぬ女の落ちいくさき、それはたいてい相場がきまっている、お繁は横浜のキャバレーへもぐりこんだ。ところが何しろ、ちょっと眼につく器量だし、腕も相当よいらしく、すぐ男をつかまえた。男というのは浜の土建業者で、新円をうなるほど持っている人物であった。お繁はその男の二号か三号におさまって、やっと塒《ねぐら》があたたまった。ところが、そこへ引き揚げて来たのが亭主の糸島大伍である。そこに、どういういきさつがあったのか、そこまではお君も知らないが、お繁は旦那と別れることになって、そのとき取った手切れ金で「黒猫」の株を買ったのであった。

「ところが、そうして手切れ金までとって別れながら、実際は、お繁と旦那の仲は、きれいになっていないらしいんです。最近まで、ちょくちょく逢っていたということです、亭主もそれを知っていて、よく、夫婦のあいだに悶着《もんちゃく》が起こったそうですが、なにしろ、亭主にしてみれば、ここンところ女房に頭があがりませんや。女房の腕で、無一文の引き揚げ者が、とにかく食っていけるんですからね。それに、この亭主のほうにも、ほかに女があったというんです」

「ほほう。で、その女というのは？」

「それがね、やっぱり中国からの引き揚げ者なんです。さっきも申し上げましたが、亭主の大伍は女房より、ひとあしおくれて引き揚げて来ましたが、そのとき、船でいっしょになった女なんだそうです。それで内地にかえってから、糸島がお繁を探し出すまで、しばらく同棲していたらしい。それのみならず、糸島がお繁と元の鞘《さや》におさまってからも、ときどき、逢っていたらしいというんです」

「それも、やっぱりお君の話かね」

「ええ、そうです」

「お君は、しかし、どうしてそんな、詳しい話を知っているんだね」

「それはマダムからきいたんですね。マダムは彼女をスパイに使っていたらしく、一度お君は、マダムの命令で亭主のあとを尾行して、糸島がその女と逢っているところを、突き止めたことがあるそうです」

「すると、マダムもその女の存在を知っていたわけだね。ところで、お君が亭主を尾行したという話、それ、もうすこし詳しくわからないかね」

「ええ、その話を、お君も得意になってしゃべっていましたから、私もよく憶えていますが、だいたい、こんないきさつのようでした」

ちかごろでは、酒も料理も不自由だから、「黒猫」でもよく休むことがあったが、そんな時には、マダムはきまって一人で外出した。いうまでもなく、旦那とどこかで逢うためだった。それを知っているから、あとに残った亭主の糸島は、いつもとても不機嫌だった。日頃はめったにあらい言葉を使わぬ男だのに、そんな時にはしたたか酒を呷《あお》って、お君に当たり散らしたりした。マダムがかえって来ると、いつもひと悶着起こるのだった。ところが、そのうちに、糸島の様子が急に変わって来た。女房が出かけると、自分もそわそわと出かけるようになった。お君はそれを妙に思ったのである。どうもちかごろのマスターの様子はおかしい。

——と、そこでこっそり、マダムにそのことを耳打ちすると、お繁ははっと思い当たるところがあったらしく、今度自分が出かけたあとで、マスターが外出したら、こっそりあとをつけておくれ。——

「と、そういうわけで、お君は糸島の尾行をしたんですね」

「そして、相手の女というのを見たんだね、いったい、どういう女なんだね。そいつは」

「なんでも、二十四、五の、とても印象の派手な女だそうです。断髪の、口紅の濃い、ひとめ見て、ダンサーかレヴィユーの踊り子と、いったかんじの女だったそうです。糸島はその女と新宿駅であって、井《い》の頭《がしら》へいって、変な家へ入った。——と、そこまで見届けて、マダムに報告すると、さあ、マダムが口惜しがってね。その女ならまえに日華ダンスホールにいた、鮎子という女にちがいない。糸島といっしょに、中国からかえって来た女だが、ちきしょう、それじゃまだ、手が切れていないんだね。——というようなわけで、その晩はなんでも亭主とのあいだに、大悶着が起きたそうです。いや、あの晩ばかりじゃない。それ以来、常に雲行き険悪で、夫婦のあいだにいざこざが絶えなかったといいます。しかし、そのうちに、マダムのほうでしだいに反省して来たんですね。ちかごろじゃ、こんな生活、一日も早く清算したい。貧乏してもいいから、夫婦まともに暮らしていきたいなんてことを、口癖のようにいっていたそうです。そして、それには東京にいては、いままでのひっかかりがあるから夫婦とも駄目だ。いっそどっか遠いところへ行ってしまいたい。——と、そんなことをいってた矢先ですから、マスターが突然、店の閉鎖を申しわたしても、お君はそれほど、驚きはしなかったというんです」

司法主任はしばらく無言で、いまの話をあたまの中で組み立てていた。こんな話、かくべつ新しいことではない。この社会にはザラにある話であった。しかし、それにもかかわらず、司法主任は何かそこにえたいの知れぬ、うすら寒いものをかんじずにはいられなかった。表面にういているその事実の底に、何かしら、一種異様などス黒さが、よどんでいるように思われてならないのだった。

「その女——糸島の情婦の鮎子というのは、日華ダンスホールにいたことのある女なんだね。それから、マダムの旦那というのは？」

「浜の土建業、風間組の親分で、風間俊六という男だそうです」

司法主任はその名を手帳にひかえると、

「いや、それでだいたい、この家の様子はわかったが、ときに、日兆という男だがね。あの男はいったいどうなんだね。すこし気が変なんじゃないかね」

「いや、あれは、気が変というわけじゃないんですが、変人で名高い男なんですよ。しかし、あれでなかなか、老師おもいでしてねえ。いったい、蓮華院というのは、この界隈でのものもちなんです。この家なんかもそうですが、ここいらはみんな蓮華院の地所なんですよ。それで、以前には、相当たくさん坊主がいたんですが、それがみんな兵隊にとられちまって、戦死をしたり、まだ復員していなかったりで、いまではあのひろい寺に、老師の日昭と、あの日兆のふたりきりなんです。日兆もまだ若いし、あの男はたしか二十六です——当然、兵隊にとられるべきところ、小さいとき小児麻痺をやって、片脚がすこしふじゆうなところからのがれたんです。ところが、老師の日昭というのが、戦争まえから中風の気味で、いまではほとんど寝たっきりです。だから、檀家のおつとめは申すに及ばず、すすぎ洗濯《せんたく》から煮焚《にた》きの世話、さらに地代の集金と、なにからなにまで、あの日兆がやっているんですが、無口な男でしてね、どこへいってもよけいな口はおろか、必要な口さえめったに利かぬという男です。しかし、まあ、あれだから間違いがないので、何しろ界隈がこういうところですから、地代の集金さきというのも、たいてい白粉くさい女のいる家です。そういう女のなかには、からかい半分、ちょっかいを出すやつもあるんですが、全然歯が立たない。だから日兆さんの変クツといえば、このへんでは通りものになっているんです。いささか常軌を逸したところはありますが、まあ、あの男はあれだけのものだと思います」

その時、大工や職人たちがやって来たらしく、表からドアをゆすぶる音がきこえたので、司法主任はそれをしおに立ち上がると、職人たちには裏にまわるように命じておいて、自分も通り庭をとおって裏へ出ようとすると、

「あ、警部さん、ちょっと……」

と、六畳から、顔を出したのは村井刑事だった。

「ああ、村井君、何か見付かったかね」

司法主任が靴をぬいであがっていくと、村井刑事はだまって、壁際にしいてある薄縁《うすべり》をまくって見せた。司法主任はそれを見ると、思わずぎょっと唾をのんだ。薄縁でかくした畳のうえには、血を拭きとったらしい跡が、べっとりとついていた。

「それじゃ、犯行はこの部屋で行なわれたんだね」

村井刑事はうなずいて、それから裏庭にむいた縁側の、すぐうらがわにある、押し入れのまえの畳を指さした。

「ごらんなさい。その畳に箪笥《たんす》の跡がついているでしょう。ところで、押し入れのまえに箪笥をおく筈はないから、その畳と、こっちの畳はちかごろになって入れかえたわけですね。つまり、この血のついた畳は、押し入れのまえにあったんです。ところで……これを御覧なさい」

押し入れの襖《ふすま》の、ちょうど引き手の下に当たるところに、新聞がいちまい貼《は》ってあった。

「いま、苦労して、やっとこれだけはがしたんですがね」

村井刑事はそっと、新聞のしたをつまんで押し上げた。と、そこにはひとかたまりの血の沫《しぶき》が、まるでつかんで投げつけたように、どっぷりとはねかかっているのだった。

「これは私の想像ですが、この部屋で被害者と加害者の格闘があった。そして、被害者は庭のほうへ逃げようとした。そこをうしろからあの薪割りで、ぐゎんと一撃やられたんでしょう。ところで、この新聞をごらんなさい。二月二十七日の新聞ですよ。この襖にこんな血をくっつけたまゝま、いつまでも放っとくわけがありませんから、事件の起こったのは、少なくとも二月二十七日よりまえではない。と、同時に、おそらく、いちばん手近にあった新聞を用いたことでしょうから、二月二十七日より、それほど後でもないと思われます。その日の新聞か、前日の新聞、まあそんなところでしょうから、殺人のあったのは、二月二十七日か二十八日、おそくとも三月二日三日ごろまでの間だと思われます」

「ふむ、それでだいたい、屍骸の腐敗状態と一致するわけだが、しかし、村井君、そうすると糸島夫婦は、それから約二週間、じぶんたちの殺した女の、血のなかでくらしていたわけだね」

そこにこの夫婦の、なんとも名状することの出来ぬ鬼畜性がかんじられて、司法主任はいまさらのように、ゾーッと鳥肌の立つのをおぼえた。

四

司法主任はそれから、大工や職人を調べてみたが、この人たちはなんにも知らなかった。糸島夫婦が「黒猫」を引き払ったのは十四日の晩のことだが、その翌日からかれらはここへ通いはじめた。だからきょうでもう六日になるが、そのあいだ別に変わったこともなかったし、怪しいと思われるような節もなかった。また、殺された女についても、すこしも心当たりはない。——と、いうのがかれらの申し立てであった。そして、そのことは、だいたい信用してもよさそうであった。

ところで、かれらが取り調べをうけているところへ、折りよくやって来たのが、この店の新しい経営者で、池内省蔵という男だが、かれもまた、何ひとつ、参考になりそうな事実をあげることは出来なかった。

池内というのは渋谷で、おなじ商売をしている男だが、この店を買い取るようになったのは、新聞で、「売り家」の広告をみたからである。この広告は、三月七日のY新聞の案内欄に出ており、それから交渉がはじまって、三月十二日にまとまったのであるというのが、かれの申し立てであった。この新聞はもちろんすぐにたしかめられたが、池内のいうところに間違いはなかった。

「すると、君はそれまで一度も、糸島という男にあったことはなかったのかね」

「ありません。新聞を見て、交渉をすすめるようになってから、はじめて会った男です」

「その交渉にあたったのは亭主かね。マダムのほうかね」

「亭主のほうでした。私はついにマダムにはあわずじまいでした」

この交渉がはじまってから、池内は店の評判について、近所できいてまわったが、そのとき、マダムがたいへん美人であるということをきいたので、一度会ってみたいと思ったが、あいにく彼女は病気で寝ているということで、ついに会う機会がなかった。交渉が成立するまえ、一度マスターの案内で、家中見せてもらったが、そのときも、マダムは六畳にひきこもったきり、とうとう顔を見せなかった。と、いう話をきいて、司法主任はひそかに心にうなずいた。さすがにマダムは恐怖と不安のために、平静ではいられなかったのだろう。——と、そう考えたのだが、いずくんぞ知らん、この事実のうらにこそ、世にもおそろしい秘密がひめられていようとは、さすがに思いおよばなかったのである。

それはさておき、池内の口から、加代子や珠江の住所がわかったので、その日の午後、二人は警察へよび出された。と、同時に、目黒の叔母のところへ身をよせているお君も、参考人としてよび出された。そこで、三人の申し立てるところを綜合すると、だいたいつぎのとおりであった。

かれらがマスターの糸島大伍から、店を譲り渡すことを申し渡されたのは、十三日のことであった。もっともそのまえから、池内がちょくちょく出入りをするので、だいたいのところは想像していたから、それほど驚きもしなかった。大伍はそれからすぐに、表通りの委託販売店のおやじを呼んで来ると、目ぼしい品は、ことごとく売りはらってしまった。売りはらわれた品は、その日とその翌日のうちに、委託販売店から人夫が来て持っていった。加代子、珠江、お君の三人は、十四日の正午過ぎ、マスターに最後の挨拶をして別れた。それきり会ったこともなければ、消息もきかぬ。と、いうのが三人の話であった。

「それでおまえたちは、マダムに挨拶をしなかったのかね」

司法主任が何気なく訊ねると、女たちは急に顔を見合わせた。そして、しばらくもじもじしていたが、やがてきりぎりすの加代子がこんなことをいった。

「それについて、私たち、いまになって妙に思っているんですが、マダムは今月のはじめごろから病気だといって、奥の六畳にひきこもったきり、一度も顔を見せませんでした。ええ、その時分も、すこしへんだとは思いましたが、でも、それほど深く、気にとめていたわけではございません。しかし、いまになってかんがえてみると、あたしたち三人とも、今月になって一度もマダムの顔を見ていないんです。おひまが出たときも、マダムに挨拶をしようというと、マスターが、あれは病気だからいいとおっしゃるので……」

司法主任はそれをきくと、ふいと怪しい胸騒ぎをかんじた。その胸騒ぎの理由が、なにによるのかはっきりつかめなかったが、なにかしら、えたいの知れぬドス黒い不安が、いかすみのように、噴き出して来るかんじだった。

「しかし、マダムはいることはたしかにいたんだね」

「ええ、それはいました。あたしたちに顔を見せませんでしたけれど、御不浄へいく後ろ姿などがときどき見えました。六畳のまえをとおると、向こう向きに寝ていて、本など読んでいるのがよく見えました」

「いったい、マダムの病気というのはどういうことだね。それほどの病気で、医者を呼ぼうともしなかったのかね」

「いいえ、病気たって、そんな病気じゃなかったんです。マスターの話によると、悪いドーランにかぶれて、まるでお化けのような顔になった。だから、誰にも顔を見られたくないんだと、そういうお話でした。マダムはよくドーランにかぶれるので、去年も一度そんなことがあったのですが、今度はよほどひどかったのだと思います」

司法主任はまた怪しい胸騒ぎをかんじた。

「それで、マダムが顔を見せなくなったのは、いつごろからの事なんだね。はっきりした日はわからないかね」

それについては、お君がこんなふうにこたえた。先月の二十八日、つまり二月のいちばんおしまいの日は臨時休業だった。自分はその日、朝からひまをもらって、目黒の叔母の家へ遊びにいって、一晩とまってかえった。するとマスターが、マダムは病気で寝ているから、奥の六畳へちかよらないようにといった。それ以来、マダムの顔を見たことがない。……

お君の話は、村井刑事の推定とぴったりとあっている。殺人のあったのは二月二十八日なのだ。臨時休業だから、加代子も珠江もむろん休みである、そして、お君も留守になったそのあとで、あの恐ろしい事件が起こったのだ。

そこで司法主任は鋒先《ほこさき》をかえて、こんどは猫のことを切り出した。裏の崖下から、黒猫の屍骸が掘り出されたことを話してきかせると、三人はびっくりしたように顔を見合わせたが、やがて加代子がこんなことをいった。

「そういえば、思いあたることがあります。あの猫は去年からいるので、よく馴れていたんです。それが、今月のはじめごろ、二、三日とてもおびえて、どうかすると床下へもぐりこんでしまうんです。それでマスターが三日ほど、首に紐をつけて、お店の柱にしばりつけていたことがあります。そのとき私が、どうしてこうなんだろうと申しますと、なに、サカリがついているからだよと、マスターが申しました」

「ええ、そういえば私もおもい出しましたわ」

と、食糧不足そこのけの珠江もそのあとについて、

「なんだかその時分、クロが急に小さくなったような気がしたので、マスターにそのことをいったんです。するとマスターは笑いながら、サカリがついて、飯を食わないから痩せたんだよ。恋には身も心もやつれるものさと、そんなことをいっていました。でも、いまからかんがえると、マスター、嘘をついていたのね。あの猫は、せんにいたクロじゃなかったのね」

「そして、マスター、猫がかわっていることを、私たちにかくしていたのね」

お君の言葉に、一瞬しいんとした沈黙が落ちて来た。何かしら、恐ろしいものが、女たちの心をふるわせた。唇まで冷たくなるかんじであった。

さて、司法主任はそこでいよいよ、一番重大な問題へ触れることになったわけ

だが、かれはそれをこういうふうに切り出したのであった。

「ところで、おまえたちも、今度の事件のことは知っているだろう。そこでおまえたちの意見をききたいのだが、あの屍骸をいったい誰だと思う。私たちの考えでは、人殺しがあったのは、多分二月二十八日のことだろうと思うんだが、その事も考えに入れて、なにか心当たりはないかね」

それをきくと三人の女は、いまさらのように、ものに怯《おび》えた眼を見交わして、しばらく黙りこんでいたが、やがてお君がおずおずと口をひらいた。

「あの……ひょっとすると、それ……鮎子という人ではないでしょうか。鮎子さんというのは……」
「ああ、その事なら私も知っている。マスターの情人だね。しかし、おまえどうしてあれを鮎子だと思うんだね」

「だって、マダム、そのひとのことをとても憎んでいましたし、それに……」

「それに……？　何かほかに理由があるのかね」

「ええ、あの、あたし、いま思い出したのですけれど……そうですわ。たしかに一日のことですわ。お休みのつぎの日でしたから。……あたし朝早く、叔母のところからかえって来ると、お店の掃除をしたんです。すると、隅のテーブルの下に……ほら、テーブルの下に棚があって、物をおくようになってるでしょう。あの棚のなかから、女持ちの派手なパラソルが出て来たんです、マダムのでもなく、加代ちゃんや、珠江さんのでもありませんから、誰が忘れていったんだろうとひらいてみたんですが、すぐはっと思いました。あたし、そのパラソルに見憶えがあったんです。それ、たしかに鮎子という人のパラソルにちがいありませんでした。あたし一度だけ、その人がマスターとつれだって、歩いているのを見たことがあるんですけれど、たしかにそのとき、鮎子という人が持っていたパラソルでした」

司法主任は急にからだを乗り出すと、

「ふうむ、すると鮎子という女が、みんなの留守にやって来たんだね。そして、おまえはそのパラソルをどうしたんだね」

「あたし……鮎子さんのだと気がつくと、急にこわくなって、もとのところへしまっておきました。だって、うっかりそんなことマスターにいうと、あたしがせんに、尾行したことがわかりますし、マダムの耳に入ったら、また大騒動ですから、知らんかおをしていようと思ったのです。そしたら……」

「そしたら……？」

「ええ、それから間もなく用事があって、外へいって、かえって来たら、パラソル、いつの間にか、なくなっていました」

「すると、おまえの考えはこうなんだね。二十八日の日に鮎子という女がやって来た。そしてマダムに殺された。……」

「あっ、そういえば私も思い出した事があるわ」

そのとき急に横合いから、口をはさんだのは珠江だった。ひどく興奮したくちぶりで、

「ええ、そう、やっぱり一日のことよ。お休みの翌日だったから。私、なんの用

事だったか忘れたけど、裏の庭へ出たんです。すると、ひとところ、土を掘った跡があるんです。私、それで何気なく、誰があんなとこ掘ったのかしらとマスターに訊ねると、なに、野菜でもつくろうかと思って掘ってみたんだが、あまり日当たりが悪いから止めにした……と、マスターがそういったんです」

珠江はいまにも泣き出しそうな顔で、

「するとあの時、私の踏んでいた土の下に、屍骸がうまっていたんですわね」

と、いまさら、ぞっとしたように自分の足下をみつめた。

「すると、そこを掘ったのは自分だと、マスター、はっきり認めたんだね」

珠江は蒼白いかおをしたままこっくりと頷《うなず》いた。それからこんなふうに、自分の意見をつけくわえた。

「鮎子という人を殺したのは、マダムかも知れないけれど、屍骸を埋めたのはマスターですわ、きっと。……鮎子という人、マスターの恋人だったかも知れないけれど、マスターにとって、ほんとに大事なひとは、やっぱりマダムだったんです。だから、マダムをかばうために、屍骸を埋めてしまったんですわ」

さて、問題の鮎子だが、その女については、加代子も珠江もよく知らなかった。むろん、お君から話はきいていたし、また、マダムがよくこの女のことで、やきもちを焼いているのをきいたことがあるが、会ったことは一度もなかった。お君だけがいちど——それは一月の終わりだったが——その女を見ているのだが、彼女とても鮎子という名を知っているだけで、そのほかの事は何も知らなかった。唯、マダムのもらした言葉によって、マスターといっしょに、中国から引き揚げて来た女であり、日華ダンスホールで、ダンサーをしていたということだけがわかっていた。

「ええ、あのひと、いまでもどこかで、ダンサーかなんかしてるのよ、きっと。……そういうふうでしたもの。とても派手な洋装をして……器量ですか、さあ、……マスターがいるので、あまりそばへ寄れませんでしたけど、パッと眼につく顔立ちで……そうそう、あれ、入れぼくろかしら、ほんとのほくろかしら、唇の右下のところに、かなり大きなほくろがありました」

最後に司法主任は、マダムとマスターの日頃の仲を訊ねてみたが、それに対する三人の答えはこうであった。

マスターという人はいつもにこにこした、物柔かな人物だったが、どこか底気味悪いところがあった。マダムもしじゅう何かおそれているようであった。マダムがその後も、別れた旦那に逢いつづけていたのは、マスターの命令で、旦那から金をしぼっていたらしいが、マダムはむしろ、その旦那に惚《ほ》れていたらしく、だから、自分の命令で出してやりながら、マスターはいつも、マダムが出ていったあとは不機嫌だった。ところが近ごろ、鮎子という女と撚《よ》りがもどったらしく、マダムが出かけると、きっとソワソワとしてあとから出かけた。そこで今度は、マダムのほうが不機嫌で、よくマスターに当たり散らしていた。とにかく、何んとなく気味の悪い夫婦であった。

司法主任がこういう聴き取りをしているあいだ、部屋の隅に坐って、終始無言で、聞き耳を立てていたのは村井刑事だった。そのあいだ、かれは一度も口を利こうとはしなかった。聴き取りがおわって、女たちがかえってからも、かれは無言で、いま仏様のように、つくねんとかんがえこんでいた。司法主任もしばらく無言で、まとったメモを読み返していたが、やがて、村井刑事のほうを振りかえると、

「要するに、問題は鮎子という女だね。その女が被害者であるか、ないかはしばらくおくとしても、――十中八九、それに間違いないと思うが――とにかく、その女のことを徹底的に、調べてみる必要があるね」

村井刑事は無言のままうなずいた。

「その事はそう大して、むつかしい事じゃあるまいと思う。日華ダンスホールにいたことがあるというんだから、そこから探っていけばわかるだろう」

村井刑事はまた無言のままうなずいた。それからおもむろにこういった。

「それから風間という人物ですね。これもいちど、よく調べてみる必要がありますね」

「そう、なんといっても、お繁にとっちゃ金蔓《かねづる》らしいからね。しかし、土建業の親分といえば、一筋縄《ひとすじなわ》じゃいかんぜ。そのつもりで当たってみてくれたまえ。こっちはともかく、糸島夫妻について手配をしてみる。どうせ、神戸なんて、嘘っぱちにきまっているんだ。しかし、弱ったな。写真でもあるといいんだが……」

外地から引き揚げてきて、まだ間もない夫婦だから、写真というものがいちまいもなかった。そして、この事がこの事件に、大きな意味を持っていたことが、後になってわかったのである。

村井刑事はしばらく、無言でもじもじしていたが、やがて思い切ったように口を開いて、

「ところで、警部さん、私にはひとつ、不思議でならないことがあるんですがねえ。マダムのお繁ですが、あの女はなぜそのように、用心深く顔をかくしていたんでしょう。病気というのはわかります。あんな恐ろしい人殺しをしたんだから、良心の呵責《かしやく》と恐怖のために、寝込んでしまったということはありましょう。しかし、二週間といえば相当長い期間ですよ。そのあいだ三人の女に、一度も顔を見せなかったというのは、いったいどういうわけでしょう。なぜ、そんなに用心深く……」

「ふむ、それは私も変に思っているんだが、ひょっとすると、鮎子を殺すとき、自分も怪我をしたんじゃないか。顔をひっかかれるかなんか……」

村井刑事はうなずいた。

「そうかも知れません、それもひとつの解釈です。しかし……」

「しかし……？」

村井刑事はそのあとを語らなかった。急に言葉をかえて、

「それから、もう一つ不思議なのは、あの黒猫です。あの猫はなぜ殺されたのでしょう」

「それはなんだ。きっと、人殺しのとばっちりを受けて怪我をしたんだ。で、あとで女たちに怪しまれちゃいけないというので、殺してしまったんだよ。その証拠に、あの部屋にのこっていた血痕のなかには、人間の血にまじって、猫の血もあったそうだ」

刑事は何かいおうとしたが、今度も気をかえたように、

「いや、どちらにしても、鮎子という女のことを、もうすこし詳しく知るということが先決問題です。とにかく行って来ましょう」

村井刑事は帽子をとって立ちあがった。そして部屋を出ていった。

五

これから三月二十六日、即ち、あの恐ろしい事実が明るみへ出て、事件がすっかり、ひっくりかえってしまうまでの期間は、一種の渾沌《こんとん》時代であり、村井刑事にとっては、奥歯にもののはさまったような、妙に割り切れない気持ちの模索時代であった。しかし渾沌時代に刑事が蒐集《しゅうしゅう》した情報のなかに、いろいろ重大な意味があったのだから、ここではしばらく、それらの情報について触れていこう。

日華ダンスホールでは、鮎子のことを記憶していた。しかし、鮎子という女が、ここで働いていたのは、極く短期間だったし、それにそのあいだも、しょっちゅう休んでいたという事で、彼女について、詳しいことを知っている者はひとりもなかった。それでも彼女の苗字《みょうじ》はわかった。桑野鮎子——それが、ダンスホールにおける彼女の名前だったが、むろんそれが、本名であるかどうか、知っているものは一人もなかった。

マネジャーの話によると、彼女がここで働いていたのは、去年の五月から六月までの、一月ほどのあいだであるということだった。紹介者があって来たのではなく、ダンサー募集の新聞広告を見て、やって来たのだが、テストをしてみると、ステップも鮮かだったので、一も二もなく採用した。衣裳なども自弁で、ホールのほうへ迷惑をかけることは、ほとんどなかったので、身許調査というような、七面倒なこともやらなかった。しかし、中国から最近、ひきあげて来たのだということは、いつ、誰がきいたのか、ホールの者はみんな知っていた。

「そうですね。身長は五尺二寸ぐらいでしょうか、顔は……さあ、むつかしいですね。まあ、美人のほうでしたね。あまり口数は利かないほうでしたが、それでいて、ひとを惹《ひ》きつける魅力を持っていた。ええ、そう、どちらかというと明るい性質で、顔立ちなども派手なほうでした。ほくろ……？　そうそう、しかしあれは入れぼくろでしたよ。それがまた、なかなかよく似合っていましたが。……なにしろ、ひと月ぐらいしかいなかったし、そのあいだもちょくちょく休むので、これくらいのことしか印象に残っていないんですが……」

しかし、マネジャーの探してくれたダンサーの一人に、もうすこし詳しく知っている女がいた。

「鮎子さん？　ええ、憶えています。あの方、恋人がありましたわ。マネジャーは御存じないかも知れませんが、よく裏口まで迎えに来ていましたわ。それが相当お年のいったひとなので、あたしよく憶えているんです。ええ、そう、四十前後の、小太りに太った方で、あからがおの、いつもにこにこと笑っている人でした。なんでも中国からのかえりの船で、とても世話になったとか……そんな話をいつか、鮎子さんから聞いたことがあります。いいえ、ここをお止しになってから、どちらにいらっしゃるのかちっとも存じません」

ところが、いまひとりのダンサーは、もうすこしちがったことを知っていた。

「ああ、鮎子さん、あの方ならあたし最近会いましたわ。最近たって、もうふた月になるかしら。お正月ごろのことでしたわね。日劇のまえでバッタリ出会ったのです。その時あの方、男のひとと一緒だったので……ええ、そう、せんによくここの裏口へ来てた人ですわ。で、あたしたち、あまり口を利かなかったのですけれど、なんでも浅草のほうにいるって話でした。ところであの方、ほんとうは桑野って苗字じゃありませんのよ。鮎子というのも変名らしかったわ。だって、中国から持ってかえったもの、これひとつよと、いつかお見せになったスーツ・ケースに、C・Oって頭文字がはいっていましたもの」

これを要するに、日華ダンスホールで得た収穫といえば、鮎子と糸島とが、しばしば逢っていたらしいこと、鮎子の本名が、C・Oという頭文字を持っているらしいこと、それくらいのものであった。しかし、村井刑事はそれで十分満足だった。殊に本名について手懸かりが出来たのは、たいへん好都合であると思った。

村井刑事はそれから横浜へ向かった。

「土木建築業、風間組事務所」――そういう看板のあがった、仮り建築の事務所の中で、はじめて向かいあった風間俊六という男は、刑事の予想とは、およそかけはなれた人物であった。土建業の親分――と、いう先入観から、かれはもっと年をとった、脂ぎった人物を想像していた。ところが、会ってみるとその人は、四十に四、五年、間のありそうな年頃で、頭を丸刈りにした、まだ多分に、書生っぽさの残っている人物だったので、刑事もちょっと案外だった。

しかし、話してみるとさすがにちがったところがあった。老成した口の利きかたには、一種の重みがあって、ちょっとした身のとりなしにも、ヒヤリとするような鋭さがあり、しかし一方、それを露骨に見せないだけの、身についた練れも出来ていた。

それはさておき、刑事がまず驚かされたのは、この男がすでに、G町の事件を知っていたことである。それについて、かれはしごく無造作にこういってのけた。

「なアに、お君という娘が電話で報らせてくれたんですよ。だからいまに、警察のかたが見えるだろうと思って、待っていた所です」

「ああ、それで……いや、すでに御存じとしたら却《かえ》って話しよい。ところで、どうですか、御感想は？」

「感想？　そうですね。お君の電話をきいたときには、たしかに驚いたことは驚いた。しかし、それもいっときのことで、落ち着いてかんがえてみると、敢えて驚くに足らんという気がしています」

「と、いうのは、何かこのような事件が、起るだろうというような予感でも……」

「いや、そういう意味じゃありません。あっしのいうのは、こういう時代でしょう？　それにあいつらの……いや、『黒猫』の商売が商売でしょう？　こういう血なまぐさい事件が起こっても、敢えて異とするに足らんという意味です」

「『黒猫』へは行ったことがありますか」

「ありません。G町というのがどのへんなのか、それさえよく知らないンです。まさか亭主といっしょにいるところへ、のこのこ、出かけられもしないじゃありませんか」

風間はあけっぴろげの声をあげて笑った。肉付きのたくましい厚みのある男で、いかにも肺活量の強そうな、深いひびきのある声だった。

「ひとつ、お繁という女との関係を話してくれませんか」

「話しましょう。どうせわれわれは聖人君子じゃない。気取ってみたって仕方がありませんからね。しかし、別に変わったところもありませんよ」

風間がはじめてお繁にあったのは、横浜のさるキャバレーで、それは一昨年の暮れのことだった。お繁は当時、中国から引き揚げて来たばかりで、ほとんど身

ひとつというような状態だった。そのキャバレーには、ほかにも女が大勢いたが、とくにお繁のすがたが風間をとらえたのは、

「あいつがいつも着物を着ていたからなんです。ええ、銀杏返しや鬘下地《かつらしたじ》なんかに結ってね、黒繻子《くろじゅす》の帯やなんか締めている。そんなところで、そんなふうをしているのが面白くて、こいつ話せると思ったんです。しかし、そうかといって、この女をどうしようなんて考えはあっしにゃなかった。これはほんとのことです。自分の口からいうのも変だが、あっしゃ女にかけてはわりに淡白なほうです。もちろん嫌いじゃありませんがね。それよりも、あっしにゃ金儲《かねもう》けのほうがよっぽど面白い」

それにも拘らず、結局、風間がその女の面倒をみるようになったのは、

「つまり、まんまとあいつに、してやられたようなもんですよ」

風間はそういって、また、ひびきのある声で笑った。

ちょうどその頃、風間の建てた家があいていたので、お繁をそこへかこってやった。そして、ときどき通っていくことにしていた。風間はとくにその女が好きでも嫌いでもなく、いわば惰性で、そんな関係をつづけているみたいなもんだった。

「だから、お繁の亭主という奴が、だしぬけに名乗って来たときにも、あっしゃ大して驚きもしませんでしたね。それがあの、糸島大伍という男で、去年の六月のことでした。あなたはあの男をどういうふうに、思っておいでか知りませんが、見かけはしじゅうにこにこと、おだやかな顔付きをした男だが、あいつ、あれで相当なもんですよ。あっしに向かって凄味《すごみ》な文句をならべやアがったからね」

風間はそういって、自分自身、凄味のある微笑をうかべると、

「しかし、糸島のやつ、なにもそんなに強面《こわもて》で来る必要はなかったんだ。正直にいって、あっしゃあの女を持てあましていたんです。と、いうのが、あンまり大きな声じゃいえませんが、長く外地を流れて来ると、あんなふうになるもんですかね、お繁という女が、つまり、その、なんですな、変な好みを持っていやアがるんですよ、男と女の関係にですね」

風間はにやりと笑って、それから、それを弾《はじ》きとばすように、勢いよく笑うと、

「いや、変な話になって恐れ入ります。あっしゃ、しかし、これでまともな人間なんです。万事好みも平凡なもんだ。だからはじめのうちこそ珍らしかったが、

しまいにゃしつこいのでいやになった。なるべく足を抜くことにしていた。そういうやさきでしたから、亭主と名乗る奴が現われたのは、渡りに舟みたいなもんで、あっさり、のしをつけて返してやりましたよ」

刑事はそういう風間の顔をまじまじと視詰めながら、

「しかし、それにも拘らず、あんたはその後も、あの女に逢っていたんですね」

「いや、それをいわれると一言もありません。きれいな口を利いていても、結局、男ってやつはいやしいもんだ。いえね、あっしだって、いったんのしをつけて返した女だ。まさか、こっちから、ちょっかいを出すようなことはなかったが、女の方からヤイヤイいわれると……なんていうと笑われるかも知れませんが、なに、向こうさまのお目当ては、あっしという人間にあるんじゃない。あっしの抱いてる、新円にあるんだから世話はありませんや」

「しかし、まんざら、そればかりじゃなかったんでしょう。やっぱりあんたに、惚れてることは惚れてたんでしょう」

村井刑事はそれを極く、しぜんにいうことが出来た。話しているあいだに、この男の粗野で、押しの太い人柄に、強い魅力をかんじずにはいられなかった。こういう人格はどうかすると、あるタイプの女を夢中にさせるものである。相手はしかし、刑事の言葉をどういう意味にとったのか、ただぶすっと、渋い笑いをうかべたきりだった。

刑事はそこで話題を転じて、鮎子という女のことを訊ねてみた。すると、風間はふいと眉をくもらせて、

「ええ、そのことについて、いま思い出していたところなんです。いいえ、わたしゃその女に会ったことはない。しかし、名前はお繁からおりおりきいていた。お繁は亭主に惚れちゃいなかった。いや、むしろ憎んでいた。しかし、そんな亭主でもほかに女が出来たとなると、やっぱり、女の自尊心が承知しないんですね。よく、わたしに愚痴をこぼしていました。あっしはしかし、そんな事には一向興味がなかったから、いつもいいかげんにあしらっていたんです。ところが、いちばん最後にあったとき、そう、二月のなかごろでしたかね、お繁が妙に興奮してましてね、自分はいつなんどき死ぬかも知れん、死んだらお線香の一本もあげて

くれなどと、いやにしめっぽいことをいうかと思うと、急にまたいきり立って、いいや、自分ひとりじゃ死なない、死ぬときにゃア、あの女もいっしょに連れていく、唯《ただ》じゃおくもんかなどと、とにかく手がつけられないんです。いまから思うと、あの時分からあいつは、今度のことを決心していたんですね」

「すると、あんたも鮎子を殺したのはお繁だと思うんですか」

「そうでしょう。まさか糸島が自分の情婦を殺す筈がない。わたしはお繁が人殺しをしたとしても、ちっとも不思議はないと思う。あいつは女じゃない。お繁という奴は牝ですよ」

風間はそういって、凄味のある微笑をうかべた。

村井刑事はそこでまた話題を転じて、糸島という男が、いつ頃引き揚げて来たか訊ねてみた。すると風間は意外に正確に、時日から船の名前まで知っていて、

「あの男の引き揚げて来たのは去年の四月で、船はY丸、博多へ入港したんです、お繁がかえって来たのは、一昨年の十月だから、半年おくれたわけですね。わたしがなぜ、そんなに正確に知っているかというと、わたしの識り合いで、糸島と

おなじ船で引き揚げて来た男があるんです」

　村井刑事はそれをきくと、思わず胸を躍らせた。そこでその識り合いというのを紹介して貰えぬか、というと、風間はちょっと、驚いたように刑事の顔を見なおしたが、

「ああ、そうそう、鮎子という女も、その船に乗っていたんでしたね。ええ、ようがすとも」

　風間は名刺の裏に紹介の文句を、さらさら書くと刑事に渡して、

「刑事さん、今度の人殺しについちゃ、わたしは全然関係ありません。しかし、自分でも気のつかないところで、何かひっかかりがあるような場合がないとも限らない。そんなことがあったらいつでも来て下さい。自分の行為については十分責任を負います」

　刑事は名刺をもらって事務所を出た。

　糸島とおなじ船で、引き揚げて来た人物が見つかったというのは、刑事の捜査にとって非常に好都合であった。かれは風間の名刺を持って、翌日その人を訪ねてい

った。しかし、その人は糸島のことも鮎子のことも、あまりよく憶えていなかったので、刑事はその人から紹介状をもらって、更に別の引き揚げ者を探していった。こうしてそれから数日間、つぎからつぎへと、Y丸で引き揚げて来た人物を訪ねてまわったが、その結果、刑事の知り得た事実は、だいたいつぎのとおりであった。

糸島といっしょに引き揚げて来た女は、小野千代子という女であった。その女は満州から単身華北へ入り、Y丸が出るすこしまえに、天津へ辿《たど》りついたので、誰も彼女の素性を知っている者はなかった。船に乗りこむまえから糸島はしじゅうその女といっしょで、何かと面倒を見てやっていた。かれがあまり親切なので、知らない者は、はじめから一緒だと思っていたくらいであった。内地へ上陸するときももちろん一緒で、どうやらつれ立って東上したらしい。——と、そこまではわかっていたが、さて、それから後の二人の消息を、知っている者はひとりもなかった。刑事もこれには失望したが、更にかれを失望させたのは、その人たちがいまかりに、小野千代子にあったとしても、果たして彼女を、認めることが出来るかどうかという疑問であった。と、いうのは、千代子は髪を切って男装していたのみならず、顔なども泥《どろ》や煤《すす》をぬって、わざと穢《きたな》くしていたから、誰も彼女のほんとの器量を識っているものはなかった。ただ、年齢は二十五、六であろうということであった。

「しかし、そのことは大して必要でもないじゃないか。かりにその女の顔を、憶えているものがあるとしても、屍骸はあのとおり、相好の見分けもつかぬ程くさっているのだから、証人になってもらうわけにもいくまいよ」

「ええ、それはそうですけれどねえ」

署長の言葉に、刑事は煮え切らぬ返事をしたが、

「時に、糸島とお繁の消息について、その後どこからも情報はありませんか」

「それがないから弱っているんだ。G町の交番の前を通っていったあと、全然あしどりがわかっていない。畜生、よっぽどうまくかくれていやアがるんだね。まさか風間という男が、変な義侠心を出して、かくまっているんじゃないだろうね」

「まさか……あの男にそんなことを、しなければならぬ義理はありませんからね」

こうして行き悩みのまま数日過ぎた。そして、そこへあの恐ろしい暴露の二十

六日が来たのである。暴露のきっかけは、こういうふうにやって来た。

六

大工の為さん、江藤為吉というのは、「黒猫」の改造に働いている男だが、その男が二十六日の朝警察へやって来て、こんな事を申し立てたのである。

「実は、昨夜はじめてこの事を聞いたので、何んだか変な気がしたもんだから、こうしてお話にあがったんです。へえ、昨夜聞いたってなア、こういうことです。あの屍骸を掘り出したのは、蓮華院の日兆さんだった、てえことはまえから聞いておりました。ところが、日兆さんがそこを掘ってみようて気になった、そのきっかけというのがおかしいンです。日兆さんはそれより二、三日まえに、犬がそこをほじくっているのを見た。そのとき人間の脚みたいなものが、にょっきりのぞいているのが見えたから、それであの晩、思いきってあそこを掘ってみる気になった。……と、昨夜あっしははじめて、その話を聞いたんですが、これゃアほんとの事ですか」

署長をはじめ、そこに居合わせた司法主任や村井刑事は、何んとなく意味ありげな為さんの話しぶりに、思わずピーンと緊張した。そして、そのとおりだ。いや、少なくとも日兆はそう申し立てていると答えると、為公は妙なかおをして、

「しかし、そりゃア……日兆さん、何か勘ちがいしてるんじゃないか。そんな筈はねえんです。と、いうなあ、屍骸の掘り出されるまえの日、つまり十九日の夕方ですが、あっしゃあの庭で焚火《たきび》をしたんだが、あのとき、あのへんの落ち葉を熊手で掻きよせた。ところで、あっしゃあのことがあってから、長谷川さん、――お巡りさんの長谷川さんですが、あの人に屍骸がどのへんに、どういうふうに埋まっていたかということを、よく聞いて知ってるンです。長谷川さんは仕事場で話してくれた。だから、脚が出てたとすればどのへんかってえ見当もつきます。ところが、あっしが十九日の晩に、落ち葉を掻いたのは、ちょうどそのへんに当たってるンですが、そのときにゃア、絶対に脚なんかのぞいていなかった。……」

署長も、司法主任も、村井刑事も、それをきくと、思わずいきをのんだ。

「君、……それゃア、……間違いはないかね」

司法主任はせきこんでいた。

「署長さん、あそこの落ち葉はずいぶん深いんですぜ。その落ち葉から脚が出ている。崖の上から見えるくらい、のぞいているとしたら、それゃア、よっぽど、土からとび出していなきゃなりません。あっしの眼がたとい見落としたとしても、落ち葉を掻く熊手に、手ごたえぐらいあるだろうじゃありませんか。あっしはきっぱりいいますが、十九日の夕方には、あそこにゃア絶対に、脚も手ものぞいちゃいませんでしたよ」

為公がかえったあとで、すぐに日兆が、呼び出されたことはいうまでもない。

「で……君はこれをどう説明するんだね。為公はこの事について、よほど確信があるようだった。君はまさか、犬がごていねいにも穴を埋めて、そのうえから落ち葉をかけていったなんて、いやアしないだろうね」

署長にいきなりきめつけられて、日兆はギラギラする眼で、一同の顔を見くらべた。鉢がひらいて、頬がこけて、顔色が悪くて、まえから畸型的《きけいてき》なかんじのする青年だったが、この数日、いっそう頬がとがって、顔が灰色になっていた。ギラギラと熱気をおびた眼には、どっか動物的な兇暴さがあり、精神のひずみを思わせるに十分だった。

「その人のいうことはほんとうです」

突然、日兆ががらがらと濁った声できっぱりいった。そしてけだものみたいにペロリと唇を舌でなめると、

「脚なんかどこにも出ていなかったんです。私は嘘を吐《つ》いたんです」

一同が顔を見合わせていると、かれはまるで堰《せき》を切って落としたようにべらべらとしゃべり出した。そしてその話というのが、事件をすっかりひっくりかえしたのである。

先月二十八日の夕方のことである。――

と、日兆はしゃべりはじめた。

かれが焚き物をとりに、裏の雑木林へやって来ると、崖下の「黒猫」の庭で土を掘るような音がきこえた。日兆が何気なくのぞいてみると、それは「黒猫」の亭主糸島大伍であった。そんなところに穴を掘ってなにをするのかと、日兆が訊

ねると、猫が死んだから埋めるのだと糸島がこたえた。

ところが、それから二、三日して、また、裏の雑木林へ焚き物をとりにいくと、「黒猫」の庭で猫の啼《な》くこえがきこえた。日兆はこのあいだのことを思い出して、思わずゾーッとしたが、崖のうえからのぞいてみると、死んだ筈の黒猫が、「黒猫」の縁の下から眼を光らせて、しきりに啼いているのだった。

日兆はまたゾーッとしたが、まさか、それを猫の幽霊だと、きめてかかるほど迷信深くもなかった。

ナーンだ、猫は生きているじゃないか。マスターは嘘を吐いたのだ。しかし、なぜあんな嘘をついたんだろう。そして、また、あの穴には何を埋めたんだろう。……

そう思ってこの間、マスターが穴を掘っていたところへ、眼をやったとたん、日兆はまたどきっとした。そのころは、まだ落ち葉でかくしてなかったのでよくわかったが、掘りくりかえした土の跡は、とてもひろくて、何を埋めたのか知らないが、よほど、大きな穴を掘ったにちがいないと思われた。日兆は何んとなく胸騒ぎがするかんじで、しばらくじっと崖のうえから、掘りかえされた土の跡を視詰めていたが、そのときふいと、焼けつくような視線をどこかにかんじた。日兆はあわててあたりを見廻したが、すると「黒猫」の奥座敷の障子のすきからまじまじと、こっちを視ている眼とばったり出会った。その眼はすぐに障子のかげへかくれたが、日兆はいよいよはげしい胸騒ぎをかんじた。眼だけしか見えなかったので、それが誰だかよくわからなかったが、たしかに女の眼であった。女とすると「黒猫」には、マダムのほかに加代子、珠江、お君の三人がいるきりだが、いまの眼はそのうちの、誰でもないような気がしてならなかった。

その翌日、日兆は前月の地代のつりを、まだ「黒猫」へ持っていってなかったことを思い出したので、それを持っていったついでに、それとなく、奥の座敷のことを訊ねてみた。奥にいるの誰って、マダムにきまっているじゃないの、と、三人の女がこたえた。マダムのほかに誰かいるだろうと重ねて訊ねると、誰がいるもんですか、マダムは顔におできができて、あたしたちにさえ会わないようにしてるんですもの。だけど変ねえ、日兆さんは。どうしてそんなことを訊ねるの。あら、わかっているじゃないの、日兆さんはマダムが好きなのよ。ほの字にれの字なのよ。やあい、赧《あか》くなっちゃった。……

女たちにひやかされて、日兆はほうほうの態《てい》で寺へ逃げてかえったが、どうしてもあの穴と、奥座敷のことが気になるので、またそっと雑木林へしのんでいった。そして崖下をのぞいてみると、土を掘った跡はきれいに落ち葉でかくしてあった。……

日兆の不安はいよいよ色濃くなった。好奇心はますますはげしく、火のようにもえあがった。その不安を解消するためには、「黒猫」の奥座敷にいる女が、果たしてマダムであるかどうか、見とどけるよりほかにみちがなかった。好奇心がそばからそれを煽動した。日兆は崖上の草叢《くさむら》から、あの部屋を見張っていることに決心した。崖うえの草叢のなかに寝そべっていると、すぐ眼の下にあの座敷が見える。座敷にはちかごろいつも、ぴったり障子がしまっているうえに、ガラスにはごていねいに紙まで貼って、なかが見えないようにしてあった。しかし……と、その時日兆はかんがえた。あの女が誰にしろ、人間である以上は、日に数回の生理的要求をこばむわけにはいかないだろう。そして便所は障子の外の縁側の端にある。日兆は根気よく、鼠をねらう猫の辛抱強さで、そのときの来るのを待っていた。……

「で、君は結局、その女を見たのかい。見なかったのかい」

ネチネチとした日兆の話しぶりに、やりきれなくなった署長がきり込むと、日兆はギラギラする眼を光らせながら、

「み、――見ました。見たのです」

「見た？　で、どうだったのだ。マダムだったのかい、マダムじゃなかったのかい」

「マダムではなかったのです。わたしの全然知らない女、見たこともない女でした」

日兆の言葉に村井刑事は、よろこびにふるえあがったが、署長と司法主任はすっかり度をうしなってしまった。

「しかし、それは……その女は看護婦かなんかで、部屋のなかにはマダムが別に……」

「いいえ、そんなことはありません」

日兆はキッパリと、むしろ毒々しいまでに力をこめて、

「その座敷の中にいたのは、たしかにその女ひとりきりでした。それにその女は、マダムの着物を着ていたのです。つまり、そいつはマダムに化けて、みんなをゴマ化していたんです」

それからまた、日兆はネチネチと喋《しゃべ》り出した。

その後間もなくマスターが「黒猫」を他人に譲って、どこかへ立ち退くという事をきいたかれは、いても立ってもいられなくなった。最後の日、おはらい箱になった女たちを道に擁したかれは、その後、マダムの顔を見たかとたしかめてみた。誰も見ていなかった。ところが、ちょうどその時分のことである。どこかの空き家の縁の下から、屍骸がゴロゴロ掘り出されたという記事が、新聞に出て大騒ぎをしていた。

日兆はもうたまらなくなった。どうしても、この恐ろしい疑問を、一度たしかめてみなければ、夜も眠れなかった。

「そこで、ああして掘りにいったのです」

日兆はその日いちにち警察にとめおかれ、警部や刑事にとりまかれて、質問の雨のまえにさらされた。かれは例の、けだもののような眼をギラギラさせながら、はじめのうちはよどみなく、おなじことを繰りかえしていたが、日暮れ頃、突然泡をふいてひっくりかえった。かれには持病の発作があったのである。

「で、これはいったい、どういうことになるんだい」

署長も朝からの興奮に疲労したのか、ボンヤリしていた。気抜けしたような声でこういった。

「つまり、殺されたのは鮎子ではなく、マダムだったということになるのかい。そして鮎子が二週間、マダムの身替わりをつとめていたというのかい」

司法主任はなんにもいわなかった。しきりに顎を撫でていた。そこで村井刑事が横のほうから、しずかにこう口をはさんだ。

「署長さん、実は私ははじめから、そういうことを考えていたので。……顔におできが出来たからって、おなじうちにいる人間が、二週間もの長いあいだ、一度も顔を見たことがないというのは、いささか不自然過ぎる。そこに何か、恐ろしい作為があるんじゃないかと。……」

「しかし、鮎子はなぜ、マダムに化ける必要があったんだ。それは危険千万なことじゃないか」

「そうです。もちろん危険です。しかし、署長さん、マダムが奥にいるということになっていたからこそ、マスターが店を売りとばしても、誰も怪しみゃアしなかったんです。マダムがふいに姿をかくして、マスターが、店を売りにかかったとしてごらんなさい。世間では……少なくとも三人の女はどう思いますか。高跳びには金がいる。だから、その金をつかむまでは、どうしても、マダムが生きていることに、しておかなければならなかったのです」

「ふうむ」

署長は顎を撫でている。司法主任はがりがり頭をかいていた。刑事は更に言葉をついで、

「黒猫の殺された理由も、これでこそ説明がつくと思います。あの黒猫は、マダムが可愛がっていたにちがいない。そいつがマダム殺しの現場を見ているのだか

ら、亭主にしても気味が悪かったんです。そこで殺していっしょに埋めた。しかし、黒猫がいなくなっては、店の女たちに怪しまれると思ったものだから、代りの奴を貰って来てゴマ化しておいたんです。あの黒猫は二匹とも、おなじ腹から出た兄弟なんですが、まえの飼い主のところへ、二十八日の晩、糸島が黒猫をもらいに来たということもわかっています。だから、殺されたのは鮎子じゃない。鮎子と糸島の二人して、お繁を殺したにちがいないのです」

ふうむ——と、署長はうなっていたが、急に思い出したように、

「あっ、そうだ、しかし、長谷川巡査は十四日の晩、糸島とマダムのふたりが、交番のまえをとおるのを見たといってるぜ」

しかし、長谷川巡査も実際は、マダムの顔をはっきり見たのでないことが間もなくわかった。その女はショールを鼻の頭にあて、糸島のからだにかくれるようにして、うつむきがちに通り過ぎたのであった。その場の様子から、長谷川巡査がいちずにそれを、マダムだと思いこんだのは、あながち無理とはいえなかった。こうなると、もう、日兆の言葉を疑う余地はなくなった。殺されたのは鮎子では

なくマダムである。鮎子はかえって犯人だった。

こうして事件は、根本からひっくりかえった。糸島大伍ならびに妻繁子の代わりに、あらためて、糸島大伍ならびに情婦鮎子の捜査手配が、全国の警察へ指令された。

この新事実はその日の夕刊新聞に、デカデカと書き立てられたが、この記事を見て、非常に驚き、かつ、興味をかんじた人間がふたりある。風間俊六はこの新聞を仮り事務所で見て、茫然《ぼうぜん》と眼をこすった。それからかれは檻《おり》のなかのライオンみたいに、部屋のなかをいきつもどりつしていたが、やがて、唇をきっとへの字なりに結んだまま事務所をとび出した。

それから間もなくかれがやって来たのは、大森の山の手にある、松月というかなり豪勢な割烹旅館だった。戦後、ふつうの住宅はなかなか建たないけれど、こういう種類の家はどんどん建つ。松月というこの家は、風間がお得意さきを饗応《きょうおう》するために自分で建てたもので、二号だか、三号だかにやらせているのである。

「あら、旦那……まあ、旦那でしたの」

きれいに打ち水をした玄関の沓脱《くつぬ》ぎで、風間が靴の紐《ひも》をといていると、あわて
て奥からとび出したのは、伊勢音頭《いせおんど》の万野みたいな女中頭であった。
「ああ、おちかさん、——あれはいるだろうね」
「ええ、おかみさん、いまお風呂」
「ううん、おせつじゃないんだ。ほら、例のさ」
「ああ、旦那の新いろ。……いやな旦那ねえ。来ると早々、おかみさんのことは
そっちのけですぐそれだもん。おかみさん、だからいってますよ。あの人が女な
らただじゃおかないって。ほっほっほ、妬《や》けるのね。ええ、ええ、いらっしゃい
ますとも、どこへも逃がすことじゃないから御心配なく」
風間はにが笑いをしながら、
「また、寝てるんだろう」
「ところが大違い。さっき夕刊を見ると、何んだか急に大騒ぎになって、このあ
いだからの新聞を、かたっぱしから持ってこいって、たいへんな権幕なんですよ」
「新聞……？」

風間ははっとしたように眼を光らせたが、そのまま大股《おおまた》に奥へ入っていった。かれの声をききつけて、大急ぎで風呂からとび出したらしい女が、なにか声をかけるのを振り向きもせず、廊下づたいに奥のはなれへやって来ると、

「耕ちゃん、いるか」

と、がらりと障子をひらいたが、すると、しゃれた四畳半のまんなかで、新聞に埋まって坐っているのは、なんと、金田一耕助ではないか。

金田一耕助は風間の顔を見ると、

「き、き、き、君、か、か、か、風間……」

と、たいへんな吃《ども》りようで、

「こ、こ、この事件は、か、か、か、顔のない屍体の事件だね。ひ、ひ、被害者と、か、か、加害者がいれかわっている。お、お、岡山のYさんに、し、し、報らせてやると喜ぶぜ」

わけのわからぬ事をいいながら、五本の指でもじゃもじゃ頭をかきまわし、それから阿房みたいにゲタゲタ笑ったのである。

七

三月二十九日。――

即ち、事件がすっかりひっくりかえってから、三日目の夕刻のことである。この事件の、捜査本部になっている警察へ、妙な男がやって来た。その時署内の一室では、幹部級のひとたちが集まって、捜査会議みたいなことをやっていたのだが、そこへ給仕が署長にむけて、一枚の名刺を持って入って来た。署長が手にとってみると、それは警視庁にいる先輩の名刺で、そのうえに、

「金田一耕助君を御紹介申し上げ候。この度の黒猫亭事件につき、同君の協力を得られれば自他共に幸甚、何卒《なにとぞ》よろしくお願い申し上げ候」

と、万年筆の走りがきで認《したた》めてあった。

署長は眉をひそめて、

「この人、来ているのかい」

「はい、受け付けで待っていらっしゃいます」

「そう、じゃ、ともかくこっちへ通してもらおう」

署長はもう一度名刺に眼を落としたが、それを司法主任のほうに押しやると、

「君、こういう男を知っているかい」

司法主任も名刺の文句を読むと、不思議そうに、首を左右にふっただけで、それを村井刑事に見せた。村井刑事も知らなかった。

「なにか今度の事件について、証言しようというんじゃありませんか」

「うん、そんな事かも知れん」

それにしても紹介者が紹介者だから、署長もちょっと緊張した。それにその男に協力して、捜査にあたれというような意味の言葉があるので、いったいどういう人物だろうと、村井刑事も好奇心をもって待っていたが、やがて、そこへ入って来た人物を見ると、かれは思わず大きく眼を瞠《みは》った。

「あっ、君は……」

金田一耕助は例によって、よれよれの着物に袴《はかま》という姿で、ひょうひょうと部屋へ入って来ると、誰にともなくペコリと頭をさげたが、村井刑事を見つけると、

「やあ、昨日は。……あっはっは」

と、いたずらっぽい眼をして笑った。

「君、このひとを知っているのかい」

署長は怪訝《けげん》そうに村井刑事をふりかえった。

「ええ、ちょっと……」

刑事はふうっと熱いいきを鼻から吐くと、うさんくさい眼で金田一耕助の顔をにらんだ。

刑事が金田一耕助を知っているというのはこうである。

事件がひっくりかえってから、捜査やり直しの必要をかんじた刑事は、もう一度関係者を訪ねてまわったが、すると、いくさきざきで出会うのがこの男であった。はじめのうちは別に気にもとめなかったが、度重なると刑事も怪しみ出した。そこで、最後にお君のところで出会ったとき、いったいおまえは、何を求めているのだと訊ねてみた。すると、相手はにこにこしながら、

「ぼくですか。ぼくは幽霊を探しているんです」

そういい捨てると、あっけにとられた刑事を残して、ひょうひょうとして出ていった。あとで刑事がお君に訊ねてみると、

「さあ、あたしもよく知りませんの。でも、自分じゃ、風間さん、御存じでしょう。マダムのパトロンだった人、あの風間さんの識り合いだっていってましたわ」

刑事はそれをきくとはっと胸をとどろかした。風間といえばこの事件での大立て者である。悪くいくと、重大な容疑者になりかねない人物だった。刑事はにわかに疑いを濃くすると、とにかくあとをつけてみることにして、あわててお君の家をとび出した。

相手はそんなことと知ってか知らずか、目黒から渋谷へ出ると、私鉄でG町までやって来て、例の裏坂へ入っていった。刑事はいよいよ怪しんだが、しかし、相手はゆうゆうたるものである。帽子をあみだにかぶり籐のステッキをふりながら、なれた散歩をしているようなあしどりだ。口笛ぐらい吹いているのかも知れない。ところが、蓮華院の裏まで来たときである。なんとなく、足どりがかわったように思えたから、刑事がおやと思っていると、ふいに姿が見えなくなった。

築地《ついじ》のなかへ吸いこまれたのである。

刑事は驚いた。あわててそばへ駈けつけてみると、ナーンだ、そこだけ築地がくずれていて、人の出入りの出来るくらいの、穴があいているのである。これで相手の消えた理由はわかったが、理由はわかっても疑いは帳消しにならぬ。帳消しどころかますます濃くなるばかりだ。刑事もなかへ忍びこんだ。

まえにも言ったとおり、そこには武蔵野の面影をとどめる雑木林がうっそうとしげっている。春先のことで黄色くすがれた下草が、しょうじょうとして続いていた。刑事はあたりを見廻したが、相手のすがたはどこにも見えなかった。耳をすましたが足音もきこえなかった。刑事はいささか不安になったが、ここまで来て、見失ったまま引き返すのは業腹《ごうはら》だった。刑事は枯れ草をわけながら、しだいに森の奥へすすんでいった。すると、ふいに向こうのほうに、さっきの男のすがたが見えた。太い欅《けやき》に身をよせて、じっと向こうを見詰めているのである。なんだかひどく緊張した横顔だ。

いったい、何を見ているのだろうと、刑事も首をのばしたが、そこからではよく見えなかった。刑事は一歩踏み出した。それでも駄目なので、二歩、三歩、四歩と踏み出しているうちに、突然刑事はからだの中心を失った。くらくらと雑木林が、眼のまえで大きくゆれたかと思うと、どさっと音を立てて、かれは穴のなかへ投げ出された。

あとでわかったことだが、それは戦争中に掘った防空壕だった。幸い落ち葉が底にたまっていたので、どこにもけがはなかったけれど、いっときは茫然として、何が何やらわけがわからなかった。尻餅《しりもち》ついたまま、きょときょとあたりを見廻していると、ひょっこり、うえからのぞいたのがさっきの男だった。

「あっはっは、刑事さん、そこを掘ってごらんなさい。狐の嫁入りが見えますぜ」

そういいすてててゆうゆうと立ち去っていったのが、即ちいま眼のまえにいる男なのである。刑事はあつい溜め息をついた。

「金田一さんという方ですね」

署長はうさんくさそうに、二人の顔を見くらべていたが、それでも如才ない調子でそういった。

「はあ」

「どうぞお掛けください。この人とは御懇意ですか」

と、つまぐっていた名刺を見せた。

「はあ、ちょっと——」

「で、御用というのは？」

「そのことについては、昨日もここにいらっしゃる、刑事さんに申し上げておいたんですがね。つまり、幽霊を出してお眼にかけようというんです」

「幽霊——？」

署長と司法主任は眼を見交わした。司法主任は何かいおうとしたが、署長が眼顔でさえぎると、

「幽霊とはなんですか」

「幽霊——いろいろありますな。ちかごろじゃ。何しろ百鬼夜行の世の中だから。しかし、ぼくがいま出してお眼にかけようという幽霊は、黒猫亭事件の犯人のことですがね」

署長と司法主任はまた眼を見交わした。それから署長はすこしからだを乗り出して、

「するとあなたは糸島大佐や、桑野鮎子のいどころを御存じですか」

「ええ、知っています」

金田一耕助は平然とうそぶいたが、それをきいたとたんに、そこにいあわせた人々は、いまかれの吐いた短い一句が、まるで爆弾でもあったように、椅子の中でとびあがった。

署長はしばらく、茫然とした眼で、穴のあくほど相手の顔を視詰めていた。この男、馬鹿か気ちがいか、それとも非常にえらい人間なのか。

「いったいそれはどこです。どこにかれらはかくれているんです」

「ええ、いまそこへ御案内しようと思うんですがね。しかし、そのまえにひとつだけ、お願いがあるんですが」

「それは、どういうことですか」

「蓮華院の日光君を、もう一度ここへ呼んでいただきたいのですがね。あの人に、

ちょっとききたいことがあるんです。それさえわかれば万事O・K、すぐに糸島と鮎子のところへ御案内いたします」

署長はしばらく、どうしたものかというふうに、金田一耕助の顔を見ていたが、ふと、指先でつまぐっている名刺に眼を落とすと、決心がついたように司法主任をふりかえった。

「君、G町の交番へ電話をかけて、長谷川君に日兆を、つれて来るようにいってくれたまえ」

「あっ、それじゃついでに、日兆君がいたら、こちらへ来るまえに、電話で報せてくれるように、言い添えて下さい」

金田一耕助がそばから付け加えた。司法主任は電話をかけおわると、金田一耕助のほうをふりかえって、

「金田一さん、あなたはさっき幽霊——と、いうような事をおっしゃったが、ひょっとすると、鮎子は死んでるとでも、思っていらっしゃるんじゃありませんか」

金田一耕助は眼をまるくして、

「鮎子が――？　どうしてですか。どうして、どうして、あの女が死んでるもんですか、ぼくがいま幽霊といったのは、あいつ、いったん死んだことになっている。それだのに生きているから、幽霊といったんですよ」

司法主任は黙りこんでしまった。日兆のああいう証言があったあとでも、かれはまだ、殺されているのは鮎子であり、犯人はマダムであろうという説を、捨てかねているのだった。さっきからまじまじと、疑わしげな眼で、金田一耕助の顔を見ていた村井刑事が、そのとき、わざといま思い出したように横から口を入れた。

「そうそう、いま思い出しましたが、金田一さん、あなたは風間俊六氏のお識り合いだそうですね」

金田一耕助はそれをきくと、にやっとわらって、

「あっはっは、刑事さん、あなたどうしてそれを知ってるんですか。ああ、わかった。お君ちゃんにきいたんですね」

「誰にきいてもいいが、どういうお識り合いですか、あの人と」

「中学時代の同窓ですよ」

それから金田一耕助は、油紙に火がついたように、ベラベラしゃべり出した。

「私たちの中学、東北の方ですがね。学校を出るとわれわれ二人、あの男と私ですな。一緒に東京へ出て来たんです。そして、しばらく神田《かんだ》の下宿でゴロゴロしていたが、そのうちに私はアメリカへいった。あいつは日本にのこって、何になったかというと、不良になった。硬派ですな、押し借りゆすりという奴です。その後、ぼくがアメリカからかえって来ると、不良のほうは足をあらって、何んとか組へもぐりこんで、そこでかなりいいかおになっていた。その時分旧交をあたためて、ちょくちょく往復していたんですが、そのうちに私が兵隊にとられたので、また縁が切れてしまった。そう、六、七年もあいませんでしたかねえ。ところが、私は去年復員して来たんですが、復員するとすぐ、一寸《ちょつと》した用事があって、瀬戸内海のほうへいっていた。ところが、そのかえりの汽車のなかのことなんです。なにしろ、えらい人で、……そこへまた、ヤミ屋の一団がドヤドヤと乗り込んで来たから、さあ、大変、何しろあの連中と来たら、こわいもの知らずだから始末に悪い。実に横暴をきわめまして、われわれ善良なる旅客の迷惑すること限りなしです。しかし、誰もなにもいうものはない。みんな、戦々兢々《きょうきょう》たる有様です。――むろん、ぼくもそのひとりでしたよ。で、ヤミ屋諸公、いよいよ図に乗って、暴状いまや、黙すべからざるところにたちいたって、決然として立ち上がった男がある。そいつが、ヤミ屋の頭株《あたまかぶ》らしいのをつかまえて、何かいいがかりをつけたからスワ大変、いまにも大乱闘、大活劇が起こるかと手に汗握り、肝をひやして、喜んでみていると、あにはからんやです。そいつがね、ヤミ屋の親分に何やらクシャクシャといったと思ったら、俄然、形勢一変でさあ。いままで殺気立っていたヤミ屋の一団が、青菜に塩というていたらくで、いっぺんに静シュクにあいなった。いや、静シュクにあいなったのみならず、その男に向かって平身低頭、キッキュージョとしてレイジョーを極めた。いや、ぼくは学問があるから、とかく、むつかしい言葉を使っていかんのですが、あまり漢語を使うと、漢字制限のおりから、ぼくの記録係りが困りますから、このくらいにしておいて、とにかく、おかげでわれわれはほっと、失望と同時に蘇生の思いをした。満堂の感謝キュー然としてかの英雄に集まった。御婦人のなかには、いささかボーッと来たのもあったらしい。ぼくもホトホト感服したことです。警官諸公でさえ手に負えぬ暴君を、たった一言でおさめるとは、何んたるえらい男であるか。昔の黄門さんみたいな人物である。——と、そう思ってつくづく見直すと、ナーンだ、それがあの男、風間俊六じゃありませんか。ぼく、すっかり嬉しくなっちまいましてね。満堂の紳士シュクジョにわが威光示すはこの時なりと、あいつの肩をポンと叩いて、おい、風間じゃないか、おっほんとおさまった。しかるに何んぞや、あいつ、ぼくの顔をつらつら見直して、ナーンだ、耕ちゃんかと来たから、ぼく、照れましたね。と、いうわけで、これが金田一耕助風間俊六再会の一幕で、ぼくがどこへもいくところがないというと、そんなら、おれのところへ来いというので、目下かれのところに寄寓《きぐう》していると、こういうわけです」

署長も司法主任も村井刑事も、呆れかえってまじまじと、金田一耕助のかおを視詰めていた。すっかり毒気を抜かれたかおつきだった。これはまた、大変な人物を紹介して来たものであると歎息した。やがて、署長はおかしさを噛み殺して、

「ああ、なるほど、それじゃ目下、風間氏のところに、同居していらっしゃるわ

けですね」

「さよう、居候というわけですな。居候のことを権八というそうですが、この権八はごらんのとおりで、綺麗ごとにはまいりません。第一、長兵衛との出会いからして悪いや、本来ならば権八のほうが、スッタスッタとむらがる雲助どもをなぎ倒す。その腕前に惚れこんで、長兵衛がつれてかえるという段取りであるべきところ、時勢がかわると雲助退治は一切長兵衛にまかせておいて、権八は戦々兢々として、ふるえているのだからだらしがない。そのかわり、小紫の如き女性は現われてくれませんから、まあ、罪のないほうです。ところが、それに反して長兵衛どのと来たら、実に無尽蔵に小紫をたくわえている。ぼくの厄介になってる家も、二号だとか言ってますが、二号だか、三号だか、四号だか、五号だかわかったものじゃない。それでいて御当人、おれは女に淡白で……なんていってるんだから、驚くべきシロモノといえばいえますな。あれで女に淡白だとしたら、ひとりも小紫を持たぬぼく如きは、まるでナシみたいなもんです」

署長はとうとうふき出した。おかしさに、しばらくわらいがとまらなかった。

司法主任もにやにやしていたが、ただひとり、村井刑事だけはにがりきって、いよいよ疑いのいろが濃くなった。いったい、こいつ何者だろうという顔色なのである。金田一耕助はにこにこしながら、

「おかしいですか。あっはっは、少しおかしいですね」

と、つるりと顔を撫でると、

「とにかく、そういうわけで、あの男の二号だか、三号だかの女性のもとに寄食しているわけですが、そこへ風間がとび込んで来た。あの男にしては珍しく興奮しているから、何事ならんと思っていると、あいつもこの事件の関係者なんだそうで……そのことは、新聞にちっとも出ていなかったから、ぼくも知らなかったんですが、さて、その節あの男の曰《いわ》くにはですな。この事件にはどうもすこし解けぬ節《ふし》がある。おまえひとつ出馬してみてくれんか……と、かれがそんなことを切り出したのは、その昔、ぼくが探偵業を、開業していたことがあるからなんですが……」

「ええ、何んですって？　何業ですって？」

「探偵業——つまり、私立探偵みたいなもんですな」

　ふいに署長があっと叫んだ。あわてて、名刺を読み返していたが、

「あなたはいま、瀬戸内海へいってたとおっしゃいましたね。瀬戸内海というのは、獄門島という島じゃありませんか」

「ええ、そう、あの事件、御存じですか」

「知ってますとも。東京の新聞にも出ましたからねえ。何しろ大変な事件で……そうですか。あなたがあの金田一さんで、あの耕助さんで……」

　署長はかんにたえたように、金田一耕助の顔を見直した。司法主任と村井刑事も、吃驚《びっくり》したように眼を丸くした。おそらく村井刑事の疑惑も、いっぺんに氷解したにちがいない。

「そうですよ、ぼくがその、金田一でその耕助さんです。あっはっは」

　と、金田一耕助はわらった。

「なるほど、それでこの人と懇意なんですね」

　と、手にしていた名刺に眼を落とすと、署長はにわかにデスクのうえに乗り出して、

「失敬しました。どうもあなたのご様子があまり変わっているので……いや、なに、それでこの事件に、乗り出されたというわけですか」

「そうですよ。一宿一飯の義理ということがありますからな。ぼくはやくざの仁義というやつが大嫌いだが、この事件には、はじめから興味を持っていた。何しろ、これは顔のない屍体の事件ですからね。顔のない屍体、御存じですか。おなじトリックでもこのトリックは、一人二役のトリックとトリックがちがう。顔のない屍体は読者にあたえられる課題であるが、一人二役はさにあらず、これは最後まで、伏せておくべきトリックであって、これを読者に看破されたがさいご、勝負は作者の負けである。そこへいくと、密室の殺人はまた違う。密室の殺人は、これまた、読者にあたえられる課題であるが、課題は一つでも、解決は千変万化である。そもそも……」

調子にのって金田一耕助は、またべらべらとしゃべっていたが、急に気がついたようにきょとんとして、

「ええと、ぼくは何をいおうとしていたのかな。そうそう、そういうわけで乗り

出すことになったのである、ということをいわんとしていたんですね。あっはは、で、つまり、その、なんですな。昨日にいたってやっと謎《なぞ》が解けたと、こういうわけなんです」

署長はまた茫然として、まじまじと、金田一耕助の顔を視詰めていたが、謎ときくと眉をひそめて、

「この事件に謎がありますか」

「ありますとも、大ありです。しかも、それが実にものすごい謎でして。……しかし、こういったからって、ぼくはなにも、あなたがたにさきんじて、その謎を解いたことについて、自慢をしようというのじゃない。実はね、ぼくはあなたがたが御存じのない、しかも、非常に重大なデータをつかんでいた。だから、あなたがたよりさきに、謎を解いたって自慢にならない。そのことについて。……」

と、村井刑事をふりかえり、

「風間があなたに、あやまっておいてくれと言ってましたよ。この間あなたがお見えになったとき、打ちあけておけばよかったものを、つい確信が持てなかった

ものだから、控えていたというんです」

「どういうことですか。それは……」

と、村井刑事は急にからだを乗り出した。

「それはこうです。糸島、つまり『黒猫』のマスターですな。あいつがはじめて風間のところへやって来たとき、脅喝的言辞をならべて威嚇《いかく》しようと試みた。……」

「そのことなら、私もききました」

「そうでしょう。ところがその時ならべた文句です。糸島も興奮していたらしく、つい口を滑らしたんですね。お繁という女はああ見えても、実にすごい女である。あいつが日本を飛び出したのも、東京でせんの亭主を毒殺したからである。……と、そんな事をいったそうです」

あっ――と、一同は目を瞠った。署長はいきを弾ませて、

「すると、お繁というのは前科者ですか」

「そうです。しかし彼女は刑にはとわれなかったらしい。そのまえにうまく中国へ高跳びしたんですね。風間はこのことを、刑事さんに打ち明けるべきだったが、

果たして事実なりや否や、確信が持てなかったので、ひかえていたというのです。つまり、この事実を知っていただけ、ぼくはあなたがたより有利だったわけで、風間からその話をきくと、まずお繁の前身から、調査してみようとかかったわけです」

「で、わかりましたか。あの女の前身が……」

「わかりました。いや、いまのところ確かな証人もなく、はっきり断言するわけには参りませんが、だいたい間違いないと思っています。ぼくが調査のよりどころとしたのは、もうひとつ、お繁が何気なく、風間にもらした言葉があるんです。お繁はあるときこんなことをいったそうです。自分が満洲へわたったら、とたんに日華事変が起こって、大いに難渋した。と、そんなことを洩らした事があるそうです。で、彼女がもし内地で悪事を働いて高跳びしたとしたら、それは昭和十二年の、上半期のことでなければならない。そこでぼくは新聞社へいって、当時の新聞を漁《あさ》りましたが、そこで発見したのがこれなんです」

と、金田一耕助がふところの、ノートのあいだから取り出したのは、一葉の写真であった。署長が手にとってみると、それは十七、八の、髪をお下げにして、地味な銘仙の着物を着た娘の写真であった。器量も可愛いといえば可愛いが、とくに取り立てていうほどのこともなく、どっちかというと、平凡な娘の写真であった。

「これは……？」

「新聞社の整理部から借りて来たんですよ。ここにその写真についてのメモがありますが、読んでみますから聞いていて下さい。松田花子、十八歳。（昭和十二年現在）深川の大工松田米造長女、小学校卒業後、銀座の茶寮銀月に女給として勤務中、洋画家三宅順平（二十三歳）に想われ結婚。三宅家は相当の資産家なるも、家に母やす子刀自《とじ》あり、教養の相違より嫁とあわず、家庭に風波絶えず。昭和十二年六月三日、花子は母やす子刀自を毒殺せんとして、あやまって良人順平を殺し出奔、爾来消息不明、おそらく人知れず自殺せしならんといわる。この写真は昭和十一年三月、銀月勤務中の花子にして、当時十七歳なり」

金田一耕助が読み進んでいくにしたがって、署長の興奮はしだいに大きくなって来た。金田一耕助が読み終わると、大きく呼吸《いき》を弾ませて、

「その事件なら私も憶えている。当時私は神楽坂《かぐらざか》署にいたんだが、三宅の家は牛込《うしごめ》

矢来にあった。それじゃ金田一さん、お繁の前身は、松田花子だというんですか」

「そうです。昭和十二年上半期から、さらにさかのぼって、十一年の新聞まで念のために調べてみたが、糸島の洩らした言葉に相当するような事件、即ち良人を殺してその後、行方不明になっている女というのは、松田花子よりほかにありませんでした。それに年齢もお繁に相当しています。で、ぼくはこの写真を、風間をはじめとして、お君という娘や、加代子や珠江にも見てもらったのです」

「で、ちがいないというのですか、お繁に……?」

「四人ともハッキリ断言は出来ませんでした。十年たつと女はずいぶん変わります。ことにお繁は意識して、扮装その他において昔と変わるように、努力していたことでしょうから、四人ともすぐにそうだとは言いかねましたが、そういえばそのような気がする。マダムの若い頃の写真のような気がする。……と、そういうんです」

しばらく一同はしいんと黙りこんでいた。何かしらドス黒い鬼気が、満ち潮のようにみなぎりわたる感じであった。署長は握りしめた掌が、ベットリと汗ばん

でいるのに気がつくと、ハンケチを出して拭いながら、

「それで……」

と、何かいいかけたが、そのとたん、卓上のベルが鳴り出した。署長はすぐに受話器をとりあげたが、

「ああ、そう、じゃ、待っているから……」

と、電話をきって金田一耕助のほうへ向き直った。

「長谷川巡査からだが、これからすぐ、日兆をつれてやって来るそうです」

ところが、一同が驚いたことには、それをきくと金田一耕助が、ヒョコンと跳び上がったことである。写真をしまい、帽子をとると、

「そ、そ、それじゃさっそく出かけましょう」

と、どもって呼吸を弾ませたから、署長も司法主任もあっけにとられて、金田一耕助の顔を見直した。村井刑事は、さっと緊張して立ち上がった。刑事だけがとっさに、金田一耕助の意図を読みとったらしいのである。

「そ、そ、そうです。出かけるんです。糸島と鮎子のところへ出かけるんです。

日兆君に話をきくのはあとでも出来る。署長さん、日兆君がやって来たら、ここへとめておくように、留守番の人にいっておいて下さい。絶対にここから出さないように。……さ、さ、さあ、出かけましょう」

署長と司法主任も緊張したかおいろでさっと立ち上がった。何かしら異様な大詰めへ、この男が自分たちを案内しようとしているらしいことが、暗黙のうちにはっきりと感じられた。村井刑事はすでにドアのところまで歩いていた。

八

ちょうどその頃、「黒猫」の裏庭では、大工の為さんと二人の職人が、鉋屑《かんなくず》や木切れを燃やして焚火をしていた。ああいう事件が起こったので、「黒猫」の改装は一時中止のやむなきにいたったが、その後、警察のお許しが出たので、またこの工事をやりはじめたのである。だから、ここに為さんや職人のいることに、すこしも不思議はないわけだが、どういうものか三人とも、妙にだまりこんでいた。それのみならず、しじゅう外の足音に耳をすまし、腕時計に眼をやったりするところを見ると、誰かを待っているらしかった。更に不思議なのは、庭の隅に、かれらの持って来たらしい、シャベルやつるはしがおいてあることである。「黒猫」の改装工事に、シャベルやつるはしが必要とは、はなはだ合点のいかぬことであった。

「来た。――」

と、突然、為さんが小声でいった。

「あの足音がそうらしい」

三人はさっと緊張して、焚火のそばを離れた。

「黒猫」の裏木戸から入って来た署長や司法主任は、そこに大工や職人のすがたを見ると、驚いたように眉をひそめた。村井刑事もさぐるように金田一耕助の顔を見直した。金田一耕助はにこにこしながら、

「この人たちに、これからひと働きしてもらおうというんですよ。この人たちなら、シャベルやつるはしを、誰にも怪しまれないでここへ持ち込むことができる。お巡りさんじゃ眼につきますからね。お待ち遠さま、さあ、いきましょうか」

金田一耕助はいちばん先頭に立って、うしろの崖をのぼりはじめた。それにつ

づいて、為さんとふたりの職人が、それぞれシャベルだの、つるはしをかついでのぼり出した。それから村井刑事、最後に署長と司法主任がつづいた。誰も口をきくものはなかった。これからどこへ行くのか、そして何をしようとするのか、それらのことについて説明を求めようとする者もいなかった。しかし、為さんや職人たちのかついでいる道具からして、何かしら恐ろしい事実が予想され、みんな胸をワクワクさせながら、重っくるしくおし黙っていた。

崖をのぼると雑木林だ。金田一耕助はあとをふりかえると、

「気をつけて下さいよ。ところどころに、防空壕が掘ってありますから。……昨日も刑事さんが……」

だが、村井刑事のむつかしい顔を見ると、あっはっはと低くわらって、それきりあとは言葉をにごした。

雑木林をぬけると墓地があった。墓地には大小さまざまの墓石が、ところせまきまでに林立していたが、ちかごろの世相では、墓参りをするものも少ないらしく、それに無縁仏になったのも、今度の戦争で急にふえたにちがいないから、墓

地全体がひとつの廃墟のように荒れはてていた。金田一耕助が一同を案内したのは、その墓地のいちばん奥の、墓地とも雑木林とも、区別のつかぬはずれであった。そこに台石もなにもない磨滅した墓石がひとつ、横っ倒しに倒れており、周囲は雑木林のふり落とす、堆高《うずたか》い落ち葉でおおわれていた。

「為さん、その落ち葉を掻きのけてみて下さい」

大工の為さんが、シャベルで落ち葉を掻きのけると、たしかにちかごろ、掘り返したにちがいないと思われる、黄色い土があらわれた。署長も司法主任も思わずいきをのんだ。

「掘りかえした土の跡を、落ち葉でかくしてあるところは、『黒猫』の裏庭とおなじ技巧ですね。では、その墓石をとりのけて、そこを掘ってみてくれませんか」

墓石は小さなもので、それほど重くもなかったので、すぐとりのけられた。石の下には落ち葉がたくさん下敷きになっていた。

「ごらんなさい。犯人もかなりあわてたんですね。落ち葉をしいてから墓石をおいたんで、こういうヘマをやったんです。おかげでぼくは、あまりほっつきまわる必要もなく、すぐこの墓に眼をつけることが出来たんです」

落ち葉をきれいにのけてしまうと、刑事も手伝って掘りはじめた。たしかに最近掘りかえしたと見えて、土が柔かく素手でも掘ることが出来た。

「なるべく静かに。——手あらなことをしないように。——かんじんのしろものに傷をつけちゃたいへんだ。つるはしは止めにしましょう」

為さんと職人のひとりがシャベルで掘った。もうひとりの職人は、つるはしをおいて素手で掘り出した。刑事も、じっとしていられなくなって、おなじく素手で掘りはじめた。あとの三人はじっと掘られゆく穴を視詰めている。署長も司法主任も熱いいきを吐きながら、おりおり帽子をとって額を拭った。金田一耕助もさすがにキーンと緊張したかおをして、帽子をとったりかぶったりしている。

穴はだいぶ深くなった。と、土のなかへ手を突っこんでいた職人が、突然、ひゃっというようなこえをあげると、あわてて手をひっこめた。

「何かあった?」

金田一耕助がいきをはずませてそう訊ねた。

「へえ、な、なんだかぐにゃっとした、冷たいものが……」

「よし」

と、金田一耕助は一同の顔を見わたすと、

「びっくりして、声を立てたりすると面倒だから、あらかじめ注意しておきます。皆さんもすでに、お気付きになっていらっしゃると思いますが、ここには、屍骸がひとつ埋めてある筈なんです。さあ、掘ってください」

職人たちは顔を見合わせたが、好奇心のほうがこわさよりつよかったらしい。シャベルを投げ出すと、みんな素手で土をのけはじめた。と、すでに薄気味悪く土色をした、人間の肌があらわれた。驚いたことには、この屍骸もまた、一糸まとわぬ素っ裸で、しかもうつむけに埋めてあるらしく、背中から臀《しり》のあたりが徐々にあらわれて来た。

「ちきしょう、着衣から身許がわかっちゃたいへんというので、裸にしておいたのですね。危ないところでした。もう一週間もおくれると、これまた顔のない屍体になってしまうところでした」

「おや、これは男の屍体ですね」

司法主任がびっくりしたように叫んだ。肉付きや肌のいろからいって、それはたしかに男であった。署長もこれには意外だったらしく、探るように金田一耕助の顔を見ながら、きっと唇をへの字なりに嚙んだ。

「そうです、男ですよ。あなたはいったい、何を期待していられたんです」

「何をって……、ひょっとすると鮎子が……」

「鮎子？　御冗談でしょう。あの悪魔が死ぬものですか。鮎子は生きてるって、さっきから何度もいってるじゃありませ……。わっ」

さすがの金田一耕助も、最後に掘り出された屍骸の後頭部を見たとき、思わずそう叫んでとびあがった。ほかの人たちもいっせいに、顔色をかえていきをのんだ。全身の毛孔という毛孔から、冷たい汗が噴き出すかんじだった。なんとその後頭部は、柘榴《ざくろ》のようにわれているのだった。

金田一耕助は袂《たもと》からハンケチを出して、神経質らしく顔の汗を拭いながら、

「これで、顔の相好がかわっていなければよいが……。刑事さん、恐れ入ります

がその屍骸を起こして、為さんに顔を見せてやってくれませんか。為さんはこの男を、見知っているという話でしたから。……」

「君、これを使いたまえ」

署長が惜し気もなく、皮の手袋を投げ出した。村井刑事はそれをはめると、屍体の肩に手をかけて、うんとばかりに抱き起こした。顔は土だらけであった。司法主任がハンケチを出して、その土をていねいに拭いとった。職務だからこそ出来るのである。この人たちとて、おなじ人間の感情を持っているのだ。司法主任の手がいくらかふるえていたとしても、嗤《わら》うことは出来ないだろう。

「さあ、為さん、見ておくれ。こわがっちゃいけない。君はこの場の大立て者じゃないか。勇気を出して……これはいったい誰だね」

屍体の顔は、むろん、恐ろしくひん曲がっていた。しかし、金田一耕助のおそれたように毀《き》損《そん》してもいなかったし、腐敗の度もそれほどひどくはなかった。為さんはガチガチ歯を鳴らせながら、その恐ろしい屍体の顔に、じっと眼を注いでいたが、

「ひゃっ！　こ、こ、これゃ『黒猫』のマスターだ……」

金田一耕助は署長と司法主任をふりかえったが、この事は、屍体が男とわかったときから、すでに予想されたところだったので、二人ともそれほど驚きはしなかった。署長は金田一耕助にむかってうなずきながら、

「それじゃ、マスターも殺されていたんだね」

「畜生、いくら探しても行く方がわからん筈だ。それにしても殺されたのは……」

「十四日の晩ですよ。G町の交番のよこを通りすぎてから、すぐこの寺へひっぱりこまれ、ぐゎんと一撃、それで万事はおわったんです。あとはこうして、屍体をかくしておけばよかった。警察ではかれを、お繁殺しの犯人、あるいは共犯者として捜索するという段取りになる。そこが、この事件のほんとうの犯人のねらいだったんです」

「そして、その犯人というのは鮎子なんだね」

「そうです」

「その鮎子はどこにいるんですか」

司法主任が、もどかしそうに口をはさんだ。

「この寺にいます。ほら、向こうの土蔵のなかに。……」

日はすでに暮れかけていた。人っ気のないひろい寺内は、うすねずみ色にたそがれて、風の冷たさが身にしみて来た。金田一耕助が指すところを見ると、本堂や庫裡《くり》からはるか離れた境内の奥、奥の院ともいうべき小さなお堂のそばに、一棟の土蔵がポツンと立っていた。それは、寺の什器《じゅうき》や宝物をおさめるところで、火災をおそれて、とくに他の建物から、はなして建ててあるらしかった。

一瞬、一同はしいんと黙りこんでいたが、だしぬけに刑事がバラバラと駆け出した。その後ろから署長と司法主任もつづいた。金田一耕助は為さんをふりかえって、

「為さん、そのつるはしを持って来て下さい。ほかの二人は、ここに残っていて下さい」

為さんはつるはしを提《さ》げて金田一耕助のあとに続いた。

土蔵の扉には外側から、大きな錠がかかっていた。

「この鍵は日兆君が持ってる筈です。ほかにもあるかも知れないが、中風で寝ている和尚さんを騒がせるのも気の毒です。つるはしで破ることにしましょう」

錠は間もなく破れた。金田一耕助は、為さんの労をねぎらってその場を去らせると、自ら扉に手をかけた。さすがに緊張しているらしく、掌が汗でベトベトしていた。

「皆さん、気をつけて下さい。相手は手負い猪《じし》のようなものです。女だと思って、油断をしちゃいけませんよ」

署長をはじめ司法主任や村井刑事も、手を握ったり開いたりしていた。金田一耕助はいきを大きく吸いこむと、うんと力をこめて重い扉をひらいた。……

と、そのとたん、

「危い！」

村井刑事が金田一耕助のからだを突きとばした。金田一耕助はふいをつかれて、よろよろとよろめいて膝をついたが、ズドンという銃声とともに、ヒューッと弾丸が、耕助の頭上をかすめてとおったのは、実にその瞬間だった。相手が飛び道具を持っていようとは、さすがの金田一耕助も予期していなかった。刑事がつきとばしてくれなかったら、恐らくかれは、頭を貫かれて即死していたにちがいない。

「動いたら、撃つよ」

扉のすぐうちがわで、上ずった女の声がした。膝をついたまま、金田一耕助が見上げると、暗い、穴のような土蔵の内部を背景にして、ケバケバしい洋装をした、断髪の女がすっくと立っていた。どぎつい白粉と口紅にもかかわらず、その顔はドス黒い残忍さと、絶望で土色になって、大きく見張った眼からは、ものに狂った兇暴さと、殺気が迸《ほとばし》り出ていた。女の握ったピストルの銃口は、上からぴたりと金田一耕助をねらっている。

金田一耕助はいうに及ばず、署長も司法主任も村井刑事も真っ蒼《さお》になった。

「あんたはいったい、どういう人なの」

女の声は抑えかねる怒りに、ふるえているようであった。憎しみと、怨《うら》みによじれるような声であった。

「警察の人じゃないわね。警察の人でもないのに、いったい、あたしに何んの怨みがあって、せっかく、暗闇《くらやみ》のなかにかくれているものを、明るみへひきずり出すような真似をするの」

女は咽喉《のど》の奥から、ヒステリックな声をふりしぼって、

「いいえ、あたし知ってるわ。みんなあんたがやったことよ。昨日もあんたが墓場のあたりを、うろついているのを見たわ。だから、あたし、危ないと思って、ここを出て行きたかったのだけれど、日兆の馬鹿が、あたしのいうことをきかないで、出してくれようとしなかった。あの馬鹿さえいなかったら、とうの昔にあたしは逃げていたのよ……」

女はギリギリと、音を立てて歯ぎしりをすると、急に気が狂ったように断髪を左右にふって、

「だけど、こんなことといったって仕方がないわ。万事はおわった。あたし覚悟はきめてるわよ。だけど、その人、もじゃもじゃ頭のおせっかい屋さん、あたし一人じゃ死なないことよ。あんたも一緒に来てもらうわ。仲よくお手々つないで、三途《さんず》の川を渡りましょうよ」

「止せ！」

署長が怒鳴って一歩まえへ踏み出した。だが、金田一耕助は片手をあげてそれ

をとめると、悲しそうなかおをして首を左右にふった。女がピストルを動かしたので、署長もそれ以上まえへ出るわけにはいかなかった。

「さあ、お立ち、立てないの」

女がかん高い声で叫んだ。金田一耕助はよろよろと立ち上がって、女と真正面に向かいあった。金田一耕助はもう、何を考える力も、何をどうしようという気力もなかった。腑抜けのように全身から力が抜けて、立っているのさえ大儀なような気がした。

署長と司法主任と村井刑事の三人は、少しはなれたところに、ひとかたまりになったまま、気が狂ったように騒いでいた。しかし、かれらにもどうすることも出来なかった。かれらが動くことは、金田一耕助の死期を早めるばかりであった。金田一耕助の胸をねらったピストルは、いつでも、火を吹ける用意が出来ているのである。

金田一耕助は、全身にけだるいものが這いあがって来るのをかんじた。撃つなら、早く撃ってもらいたい。

「ふふふふ」

女はとても人間とは思えない声でわらった。それからぴたりと狙《ねら》いを定めると、ピストルの曳き金に指をかけた。

だが、そのとき彼女は、ふっと金田一耕助の背後を見たのである。いや金田一耕助のみならず、そこに立っている警察官の一団の、むこうに眼をやったのだが、と、その瞬間、悪魔のような決意と、必死の緊張が一瞬にしてくずれた。ドスぐろい顔に、大きな動揺があらわれたかと思うと、みるみるその顔は、子供のベソを掻くときのようにゆがんで来た。

「お繁！」

ふかい、ひびきのある声が一同の背後できこえた。

「馬鹿な真似をするな！」

その瞬間、女は手にしたピストルをかえして、自分の心臓をねらった。ズドン！　と音がして、煙の中に女はくらくらと倒れた。と、同時に金田一耕助も、骨を抜かれたようによろめいたが、その背中を、強い、逞《たくま》しい腕が来てしっかりと抱きしめた。

「耕ちゃん、しっかりしなきゃ駄目だ」

いうまでもなく風間俊六であった。

署長や司法主任や村井刑事は、ばらばらと女のそばへ駆け寄った。そしていま、最後の痙攣《けいれん》をしている女から、風間のほうへ眼を向けると、署長は不思議そうなかおをして訊ねた。

「あなたはいま、お繁とおっしゃったようだが、この女はお繁なんですか」

「そうですとも、お繁ですとも。お繁以外の誰でもありませんよ」

「しかし、金田一さんはこの女を、鮎子という女のようにいっていたが……」

「そうですよ、署長さん」

金田一耕助は風間俊六に抱かれたまま、ものうげな声でいった。

「その女は『黒猫』のマダム繁子であると同時に、日華ダンスホールにいた、桑野鮎子ででもあるんです。お繁が一人二役を演じていたんですよ」

九

その翌日、大森の割烹旅館松月の離れ座敷で、金田一耕助を取りまいているのは、署長と司法主任と、村井刑事の三人であった。風間俊六も、主人役としてその座につらなっており、かれの二号だか、三号だか、四号だか、五号だかわからんという、あだっぽい女性がその座のとりもちをしていた。本来ならば金田一耕助のほうから警察へ出向いて、事件解説の労をとるべき筈だったが、昨日あまり神経を緊張させたせいか、ぐったりと疲労をおぼえて、とてもちかごろの乗り物に乗る勇気がなかった。風間がそれを心配して、警察の人々に、こちらへ来てもらうように取りはからったのである。

「いや、どうも意気地のない話で……」

金田一耕助は面目なげに、もじゃもじゃ頭をかきまわしていた。顔色が悪くて、笑いがおにも元気がなかった。署長は同情するように、

「いや、無理もありません。あれほど死というものに接近すれば、誰だってそう

なります。まったく危ないところでしたからなあ」
「われわれも手に汗握りました」
司法主任もしみじみ述懐するような調子だった。
「あの時、風間さんのやって来るのが、もう数秒おくれていたら、どうなってい
たか知れたものじゃない」
村井刑事はいまさらのように体をふるわせた。
「そのとおりで。あの女は風間に惚れていたんですよ。だから、ああして風間に
叱りつけられると、子供がベソを掻くような顔になった。ぼくはゆうべ、あの顔
が眼のまえにチラついてねえ。悪い女だが、あの顔を思い出すとなんだか憐れっ
ぽくなって。……おい、色男、なんとかいわないか。おせつさんがそばにいると
思って、そうすますなよ」
「馬鹿なことをいうな。しかし、まあ、耕ちゃんにそれだけ、冗談が出るように
なって安心した。ゆうべは夜っぴてうわごとのいい通しで、おれはずいぶん心配
したぜ。なあ、おせつ」

風間は太い腕を組んだまま、かたわらの女性をふりかえった。風間の二号だか、三号だか、四号だか、五号だかわからん女性は、ただ黙ってほほえんだだけだった。

「いや、有難う、心配をかけてすまなかった。しかし、風間、その耕ちゃんだけは止しておくれよ。せめて耕さんとでも呼んでくれ。どうもやすっぽくっていけないや。ねえ、おせつさん」

おせつさんは相変わらず無言のままほほえんでいたが、ふと気がついたように、からになった銚子を持って立ちあがると、

「あの、あなた。……彼用があったら、そこの呼鈴を鳴らして下さい」

そしてすうっと出ていった。金田一耕助はうしろ姿を見送りながら、

「いいひとだな、あのひとは。風間、おまえもう、浮気はよいかげんにお止し。おせつさんひとりで我慢しろ」

風間はにが笑いをしながら、

「際どいところで意見をしゃあがる。それより皆さんがお待ちかねだ。そろそろお話し申し上げたほうがいいだろ」

「うん」

金田一耕助も大きくうなずくと、気の抜けたビールをちょっと舐《な》めて、それから一同のほうに向き直り、つぎのように語りはじめたのである。

「話がちょっと変な切り出しになりますが、探偵小説には『顔のない屍体』というテーマがあるそうです。これはぼくも最近、岡山のほうにいる友人からきいたのですが、それはこういうのです。Aなる人物がBなる人物を殺そうとする。しかし、ただ殺しただけでは、すぐに自分に疑いがかかるおそれがある。つまりAにはBを殺す動機があることを、世間では知っているんですね。そこでAはBを殺すと、その顔をめちゃめちゃにしておき、屍体に自分の着物を着せるかなんかして、恰《あたか》も殺されたのは自分、即ちAなるが如く見せかける。そうしておいて身をかくすと、世間では、BがAを殺して出奔したものと思うから、Bの人相書きによって犯人を探そうとする。だからAは安全に、死んだものとなって、かくれていることが出来る、と、こういうトリックなんです。今度の事件もそれと非常によく似ていますが、よくよく考えてみると、根本的にちがったところがある。

即ち、まえの場合では、身替わりに立てる屍体、即ちBなる人物を殺すことが第一の目的で、そのために犯罪が起こるのです。ところが、今度の事件の場合はそうでない。お繁が身替わりに立てた女、あの女に対してお繁はなんの恩怨もなかった。彼女の目的は唯一つ、亭主の糸島大伍を殺すことにあった。それがふつうの探偵小説における『顔のない屍体』と、ちがうところですが、それだけに、この動機を見抜かれた瞬間、お繁は敗北しなければならなかったわけです」

金田一耕助はまた、気の抜けたビールで咽喉をうるおすと、

「ぼくは風間から、お繁の前身に関する疑惑をきいた瞬間、この動機に気がついた。そして、昭和十二年の松田花子の一件を発見したとき、いよいよ、この動機は確定的なものだと思いました。松田花子は姑《しゅうとめ》を毒殺しようとして、あやまって良人を殺した。そして中国へ高跳びした。むろん、彼女は名前もかえ、素性もふかく包んでいたにちがいない。それをどういうはずみか、糸島大伍に発見され、脅喝されて夫婦になった。糸島はきっと向こうでも、お繁の美貌《びぼう》と肉体をたねに、悪どいことをやっていたにちがいない。そういう夫婦のあいだに、愛情などあろ

う筈がありません。糸島のほうでは、それでも欲ばかりではなく、女に惚れていたらしいが、女のほうでは亭主に対して、憎しみ以外のどんな感情も、抱くことは出来なかったにちがいない。それにも拘《かかわ》らず、糸島から逃げることが出来なかったのは、秘密を暴《ば》らされることを恐れたからですが、この暴露をおそれる彼女は、糸島をおそれると同時に、日本へかえるということを、何よりも恐れたにちがいない。おそらく彼女は、生涯外地で暮すつもりだったのでしょうが、そこへ今度の敗戦で、否応なしに内地へ送還されることになった。まったくこればかりは、いやもおうもありませんから、お繁にもどうすることも出来なかった。だが、ここでお繁はかんがえたのです。こわい内地へ、こわい男といっしょにかえる。せめて、そのひとつでもふり落としてしまいたい。……そう考えたから彼女は糸島をまいて、わざとひとりで、さきへ帰国して来たのです。永遠に、ふり捨てようとした内地へ送還される代わりには、自分の秘密を知った糸島のほうを、この機会に永遠にふり捨てようとしたんです。こうして内地へかえって来た彼女は、出来るだけ東京をはなれて住みたかったにちがいないが、東京うまれの東京育ちの彼女には、結局、東京を遠くはなれたところには住めなかった。それに、あの時からすでに十年もたっているし、ことにこの十年はお繁にとって、十五年にも、二十年にも相当していたにちがいないから、顔かたちもすっかり変わってしまった。あの頃の子供っぽい丸味はあとかたもなくなって、いまではむしろ面長になっている。彼女はそういう変化に自信をもっていたが、さらにそれを強調するために、昔とはまったく趣味のちがった日本髪に結い、服装も古風な日本趣味によそおうことにしていた。こうして、彼女は横浜のキャバレーへ出ているうちに風間にあい、かれに囲われることになった。彼女はそこではじめて、安住の地を見出したばかりか、おそらく、うまれてはじめて男に惚れたんです。生活の安定と愛欲の満足と、ふたつながら得た彼女は、幸福に酔いしれていたにちがいない、ところがそこへ糸島がかえって来た。永遠にふりすてたつもりの糸島がかえって来て、彼女のまえへ現われた。その時の、お繁の憤りはどんなものだったでしょう。生活だけの問題ならば、お繁にもまだ諦めがついた。しかし、今度は、風間という男に惚れているのだから、諦めきれない未練がそこにのこった。せっかくかち得た幸福を、こうも無残にうちくじく男。――お繁はもう、この男を殺してしまうよりほかに、未来永劫《えいごう》、幸福はあり得ないことに気がついた。そうです、糸島大伍という男は、内地へかえって来て、お繁を探し出し、お繁の面前に立った瞬間、死を宣告されたのも同様です」

誰も口をはさむ者はなかった。署長は金田一耕助の一句ごとに、重く軽くうなずいた。糸島もお繁も死んでしまったいまとなっては、それは金田一耕助の想像にすぎないのだが、この想像はおそらく、真相をうがっているにちがいないと、誰も同意せずにはいられなかった。

風間はそばから、ビールをついでやろうとすると、金田一耕助はそれをさえぎって、

「いや、いいんだ。こうして、気の抜けたほうが刺戟《しげき》がなくていいんだ」

と、気の抜けたビールを舐《な》めながら、

「さて、ここで改めて、この事件をはじめから見直してみましょう。今月二十日の早朝、『黒猫』の裏庭から、女の腐乱屍体が掘り出された。調査の結果、屍体

は桑野鮎子という女であり、犯人はマダムの繁子、そして亭主の糸島大伍も、おそらく共犯者であろうということになった。この事は風間もお君ちゃんの電話で、だいたいのことを知り、間もなく刑事さんの訪問によって、詳しいことがわかった。ところがそのとき風間はたいして驚きもしなかった。お繁ならば、なるほど、それくらいのことはやりかねまじき女である、と、単純にそう思っていたからです。ところが二十六日にいたって、俄然、事件がひっくりかえった。殺されたのは鮎子ではなくお繁であった。そして殺されたと思っていた鮎子こそ犯人である。——と、そういう記事を読んだとき、風間は急に、何んともいえぬ胸騒ぎをかんじた。風間はその胸騒ぎの原因がなんであるか、深く掘りさげて、かんがえてみようとしなかったが、とにかく、腑に落ちないもの、何かしら、そのまま捨てておけないものを感じたので、さっそく、ぼくのところへやって来たのです。風間はぼくにむかっても、胸騒ぎの原因、腑に落ちないものを、どう表現してよいか知らなかったのですが、ぼくはこの男と話をしているうちに、かれの疑惑を次のように分析しました。その屍体ははじめ鮎子だと思われていた。ところが、今度はお繁だということになった。してみると、その屍体は鮎子ともお繁とも、どっちともとれる屍体である。と、すればその屍体は、やっぱり鮎子ではないのか。――風間の疑惑は、そこでとまどいしていたのですが、ぼくはそれを更にふえんして、その屍体は鮎子である。そして、お繁が故意にそれを自分だと、思わせようと企んだのである。――と、一応そういう仮説をたててみたのです。では、お繁がなぜそのようなことを企んだのか。――そこで、役に立って来たのがお繁の前身の秘密です。お繁は自分を、死んだものにしてしまいたかった。つまり、この世から自分の存在を、抹殺してしまいたかったのだと、こう考えると動機は十分なりたちます。またこう考えるほうが、当時『黒猫』の奥座敷にいた、疑問の女の正体をかんがえるうえにも、はるかに自然に説明がつく。刑事さんのお説では、鮎子が身替わりをつとめていた、と、いうことになっていたそうですが、一日や二日ならともかく、二週間という長いあいだ、しかも、人殺しをしたあとで、そんな度胸があるというのは、とても人間業でなく、あまり不自然に思われる。むしろ、それよりも、お繁がひとつの目的をもって、つまり、後になって奥座敷にいた女に、疑惑をかんじさせようという目的で、わざと顔を見せなかったのではないかと、そうかんがえるほうが、はるかに自然に思われる。そうだ、あれは、やっぱりお繁だった、と、こうかんがえて、さてこの仮説になにか邪魔になるものがあるか。あります。即ち日兆君の証言です。だが、このことは、煩《わずら》わしくなるからあとで説明するとして、ここでは一応、日兆君の証言を無視して、いまの仮説をおしすすめていくことにします。さて、殺されたのは鮎子であり、犯人はお繁である。そして糸島も共犯者である。——と、こうかんがえると、ここにひとつ疑問が出てくる。それは、なぜかれらが血のついた畳や襖を、そのままにしていったのか。——と、いうことです。畳の血は薄縁でかくしただけだし、襖の血は新聞を貼ってゴマ化しただけだ。早晩、あとから来る住人に発見されるにきまっている。あの血は相当の量だから、そうなると、よし屍体が発見されなくても、後から来た住人に疑われる。そういう重大な証拠を、なぜ、平気で残していったのか。襖は血のついたところだけ、破っておけばよいのだし、畳だって表をひっぺがして、焼き捨てるかどうかすれば、簡単にことがすむ。それだけのことをなぜ、かれらはやらなかったのか。――ここで、お繁の計画をもう一度かんがえる。彼女は自分が死んだ、殺されたということにしたかったのだから、出来るだけあちこちに、人殺しがあったという証拠をのこす必要があった。だから彼女に関する限り、ああいう血の跡がのこっていても不思議はない。しかし糸島はどうだろう。お繁が鮎子を殺す。糸島も手伝って屍体を埋める。そして二人で出奔する。その場合、糸島はそこに、血の跡を残すことを承知するだろうか。ノーですね。では、更に糸島がお繁のもうひとつ深い計画、即ち鮎子の屍体を身替りに立てて、自分が死んだもの、殺されたものに見せかけようという計画、それを知っていた場合はどうだろう。いや、いや、その場合ははじめから考える必要がない。なぜならば、糸島はお繁のそんな計画に同意する筈がない。そんな事をすればば、なるほどお繁は安全かもしれないが、疑いは自分にかかって来ることはわかりきっている。お繁を死んだことにするのはよいが、そのために女房殺しの疑いをうけるような計画に、糸島が同意する筈がない。と、こう考えて来ると、今度の事件は全部、お繁ひとりの頭で組み立てられたものであり、糸島はすこしもあずかり知らなかったと考えられる。そう考えたほうが自然のように思われる。しかし、そうなると問題はあの血です。糸島だって、あの多量の血に気がつかなかった筈がない。げんにあの畳は、押し入れのまえと壁際のと入れかえてあったのですが、それには簞笥《たんす》を動かさなければならない。お繁ひとりの力では、とても手に負えぬところです。当然、糸島も手伝ったにちがいないが、糸島はその血をどう考えていたのだろう。——と、そこまで考えて来たとき、はっとぼくが思いついたのは、首を半分チョン斬られた黒猫の屍骸……」

「あっ！」

署長と司法主任と村井刑事が叫んだのは、ほとんど同じ瞬間だった。署長はいきを弾ませて、

「わかった、わかった。お繁はあの血を糸島に、黒猫の血だと思いこませたのですね。そのために、あの黒猫は殺されたのですね」

「そうですよ。そうですよ」

金田一耕助は嬉しそうにがりがり頭を掻きながら、

「皆さんの御意見では、あの黒猫は殺人のあった節、そばでまごまごしていて、とばっちりをくったのだろうということになっていましたね。しかし、それは猫というものの、習性を知らなすぎる御意見ですよ。世の中に、およそ、猫ほど殺しにくい動物はない。ぼくの中学時代の友人に、とても獰猛《どうもう》な人物がいましてね、犬でも猫でも、何んでも殺してスキ焼きにして、食っちまうやつがあった。いや、風間じゃありませんから御安心下さい。そいつの言葉によると、猫ほど往生際の悪い動物はないそうです。犬は棍棒でぶん殴ると、ころりとすぐ死ぬそうですが、猫と来たら、打とうが、殴ろうがなかなか、一朝一夕には死なないそうです。もういいだろうと思っていると、薄眼をひらいてニャーゴと啼く。実に、あんなにしまつの悪いやつはないと言ってましたが、それほど神通力をそなえた猫が、とばっちりをくらって殺されるというのは、ちと、不覚のいたりに過ぎると思われる。ことにあの傷口から見ても、とばっちりではなく、故意にえぐられたとしか思えない。ところで、刑事さんの御意見では、犯罪の現場をあの猫に見られたので、気味悪くなって殺したというんですが、ぼくも一応そのことを考えた。しかし、それじゃまるでポーの小説です。それにぼくははじめから、殺されたのはお繁じゃないと思っていたので、この問題には相当悩まされたのです。それがここへ来て、ぴたりとぼくの、仮説のなかへはまりこんで来たわけです。お繁は亭主の留守中に、人殺しをしたあとで、黒猫を殺しておく。そして、亭主がかえって来たときこんなことをいうんです。猫とふざけていたら急に噛みついたとか、ひっかいたとか、口実はなんとでもつく、そこでついくゎっとして殺してしまった。と、血みどろの黒猫の屍体を見せる。お繁はふだんからヒステリー性のある女ですから、糸島も驚いたことは驚いたろうが、大して怪しみもしない。こうして、黒猫を殺すことによって、そこにある血を、ゴマ化すことが出来ると同時に、更に都合のよいことには、猫の屍骸を埋めるために、亭主に裏庭へ穴を掘らせることも出来る。更にまた、代わりの黒猫を亭主に貰って来させることによって、いよいよ、亭主を怪しいものに仕立てることが出来る。彼女は亭主にこんなふうにいったにちがいない。わたしが癇癪《かんしゃく》を起こして猫を殺したなんてこと、誰にもいわないで頂戴。だって、そんな兇暴な女かと思われるのいやですもの。それから、大急ぎで代わりの猫をもらって来て頂戴。黒猫だから誰にも見分けがつきゃしないわ。だから、猫がかわってるなんてこと、誰にもいわないでね」

「ふうむ」

と、署長が太い唸り声をもらした。司法主任と村井刑事は、熱いため息を吐いた。

「なるほど、それで、糸島の奇怪な行動も説明がつくわけですな。あいつはなんにも知らないで、細君のあやつる糸のさきで踊っていた。それが、じぶんを殺す準備行動とも知らないで……」

「そうですよ。そこがこの犯人のもっとも冷血無残、非人間的なところですね。さて、一方彼女はわざと顔に悪性のドーランを塗り、おできをいっぱいこさえて、奥の六畳へひきこもってしまった。彼女は去年も、ドーランにかぶれたことがあるので、どのドーランを塗れば、おできが出来るかということを、ちゃんと知っていたんです。亭主の糸島にしてみれば、細君の顔に、おできが出来たことは事実だから、彼女の閉居に対しても、別にふかく怪しまなかった。さて、そうしておいて彼女は、にわかに、『黒猫』を売りはらって、どこかへ立ち去ることを亭主に提案した。いったい、どういうもっともらしい口実で、亭主に同意させたのか知らないが、何といっても店を経営維持できるのは、お繁の腕にあるんだから、糸島は結局、彼女の言にしたがうより手はなかったでしょう。……さて、ここですこし問題の焦点をかえて、殺されたのは鮎子だとして、では、その鮎子という女のことをかんがえて見ることにしましょう。ぼくはこの鮎子という女の存在について、はじめから一種の疑惑をもっていた。さっきもいったように、ぼくははじめから、お繁にこそ、糸島を殺す動機があるが、糸島のほうに、お繁を殺す動機があろうとは思えなかった。第一かれは、だにのようにお繁に寄生することによって、いままで生活して来た男である。お繁を殺すことは、まるで金の卵をうんでくれる、鶏を殺すようなものではないか。——ところが、表面にあらわれたところを見ると、一応糸島にも、女房を殺す動機ができているようになっている。つまり、それが新しい情婦の鮎子です。この鮎子という女がいなかったら、糸島に女房を殺す動機を見出すことはむずかしい。つまり鮎子あるが故に、お繁は亭主に殺されたものとして通るようにできている。お繁の計画にとって、これはあまりにお誂え向きではないか。そこにも何か、お繁の作為があるのではないか。そう思って、鮎子という女のことを調べてみると、これが実に茫漠《ぼうばく》としているんです。去年の五月から六月まで、鮎子は日華ダンスホールにいた。ところが、そこを止してから、ことしの正月、昔の同僚のダンサーに出会うまで、どこで何をしていたか、誰も知っているものはない、ところがことしになって、そのダンサーともう一人、お君ちゃんとに見られたと思ったら、間もなく今度の犯罪です。これまた、すこしお誂え向きに出来すぎている。しかし、鮎子という女が存在したことはたしかです。そして糸島と仲よく、映画を見たり、井の頭の変な家へしけこんだことも事実である。だが……と、ここでぼくはかんがえたのですが、糸島のような男が、細君のほかに女をこさえるだろうか、かれは細君によって生計を立てているのみならず、たしかに細君に惚れていたんです。このことは、『黒猫』にいた三人の女が、口をそろえて証言している。そういうかれが、ほかに女をこさえるだろうか。——しかし、男女関係というものは、公式どおりにいかないものだから、あるいは糸島も情婦をこさえたかも知れない。しかし、お繁がそれを妬《や》きたてる。——これがちとおかしい。どうもぼくのあたまにあるこの夫婦は、たとい亭主が浮気しても、女房は妬いてくれそうにないのです。冷然として、せせらわらっているぐらいが関の山なんです。それをお繁が妬きたてた。しかも、若い女たちのいるまえで、わざと、聞こえよがしに妬きたてたらしい形跡がある。そこにまた、なにか作為があるのではないか。そう思って、三人の女に当時の模様をきいたところが、つぎのようなことがわかりました。まず、第一に、お繁が妬き出したのはことしになってからである。第二にお繁はそういうときいちども、鮎子という名を口に出さなかった。いつもあのひととか、あの女とかいっていた。第三に、そういう際の糸島の様子は、いつもとても馬鹿らしそうであった。阿房らしくて、相手になれんという様子であった。——と、以上三つのようなことを聞き出したぼくは、そこに、たしかにお繁の作為があると思った。しかし、そのときはまだまさかあんな大手品、大ケレンを、お繁が演じていようとは夢にも思わなかった。それに気がついたのは、いや、それをぼくに教えてくれたのは、二つの日記なんです」

金田一耕助はそこでひと息入れると、気の抜けたビールで咽喉をうるおし、さらにまた話のつづきを語りはじめた。

「二つの日記というのは、風間とお君ちゃんの日記でした。風間が日記をつけていたのは、大して不思議ではないが、お君ちゃんが過去一年、一日も欠かさずに日記をつけていたのは、何んといってもえらいもんです。しかも、その日記こそ、この事件のいちばん奇怪な謎を解明する、唯一のヒントになったのだから、今度の事件の第一の手柄者は、なんといってもお君ちゃんですよ。と、いうのはこういうわけです。『黒猫』では毎月二回ないし三回休業する。ところがお君ちゃんの日記によると、去年までは、お繁は必ずしも休みごとに、風間にあいに出かけたわけでなく、月に一度ときまっていた。その他の休みは家にいるか、糸島と二人であそびに出かけるかしている。お繁が休みごとに、風間に会いにいくと称して、出かけるようになったのは、ことしになってからのことなんです。ところが風間の日記によると、かれはそれほどお繁にあっていない。去年とおなじく月に一度ときまっているのです。では、風間にあっていないお繁は、いったい、どこへ行っていたか。――ところが、更に妙なのは、ちかごろお繁が出かけると、きっとあとから、亭主の糸島も出かけたというが、必ずしもそうではない。お繁が出かけても、糸島がおとなしく家にいる場合もある。しかも、なんとその日こそ、お繁がほんとに風間にあっている日なんです。そして、お繁がどこへ行ったかわからぬ日には、きまってあとから亭主が出かけている。ぼくはあのダンサーに会って、彼女が日劇のまえで、鮎子にあったという日を、思い出して貰いましたが、それも、やっぱりお繁がどこへ行ったか分からん日です。また、お君ちゃんが糸島を尾行して、鮎子という女を見たというのも、やっぱり同じことでした。この事実に気付いたとき、ぼくはなんともいえぬ大きなショックをかんじました。お繁と鮎子はおなじ人間である。即ちお繁が一人二役を演じたのである。まさか、一足跳びにそこまでは飛躍しませんでしたが、いろいろ考えているうちに、結局、そういう結論に、到達せざるを得なくなった。さて、一応この結論を正しいとみて、そこに何か、矛盾があるかとかんがえてみたが、何もなかった。お繁と鮎子の両方を見たことのある人間は、お君ちゃん唯一人である。そのお君ちゃんとて雑踏のなかで、遠くのほうから、ちらと、鮎子を見ているに過ぎない。そのお君ちゃんの眼を、ゴマ化すぐらいはなんでもない。お繁はふだん日本髪で渋い日本趣味の服装をしている。それに反して鮎子は断髪で、毒々しい化粧をしているのだから、お君ちゃんが欺かれたのも無理はないのです。その他の人々にいたっては、お繁を知ってるものは鮎子を知らず、鮎子を知っているものは、お繁を知っていない。さらにまた、鮎子が糸島といっしょに中国からかえって来たこと、鮎子が糸島の情婦であること、それらは全部お繁の口から出たことで、ほかにはなんの証拠もない。――即ち鮎子はお繁の二役だったのだ。それでこそ、何もかも辻褄《つじつま》があう。つまり、お繁は、亭主が自分を殺したという、シチュエーションをきずきあげるために、亭主に動機をこさえてやっていたのです。こう気がついたときには、ぼくはあまりの奸悪さにふるえあがりましたよ。眼をおおいたくなったもんです。自分でかんがえ出しながら、自分の説を信じるのが怖かったぐらいです。しかし、この説が正しいことはすぐ証明されました。日華ダンスホールの人たちに、松田花子の写真を見せたところ、だいぶ変わっているけれど、そういえばたしかにこの人にちがいない。と、そういうんです。一方、その写真は、お繁の若いころの、写真らしいということになっている。これでもう、お繁の一人二役は、動かすことの出来ない事実となったわけです」

金田一耕助はそこでまたひと息いれると、じっとビールのコップを視詰めていた。誰も口を利くものはなかった。やりきれないような重っくるしい沈黙が、しばらく部屋のなかにつづいたが、やがて署長と司法主任がほとんど同時に口をひらいた。

「しかし、お繁はそんな奇妙な逢《あ》い曳《び》きを、どういう口実で亭主に納得させたろう」

「それにお繁は、去年の五月ごろから、すでに今度の事件を計画していたんですか」

「そうです。多分そうだろうと思います、だが、ここではまず署長さんの質問からおこたえします。そんな事、お繁にとっては雑作ないことなんですよ。彼女はこういうんです。ねえ、あなた、あたしちかごろ、なんだかクサクサして仕方がない。また、去年の五月ごろみたいな、逢い曳きごっこしてみない。あたしもう一度桑野鮎子になるわ、そして、ほかに旦那があることにするの。その旦那の眼をぬすんで、あなたと密会してるってことにするのよ。ねえ、ねえ、あたしたちいま、倦怠期に来てるのよ。変化が必要なんだわ。あたしスリルが味わいたいのよ。ねえ、ねえ、逢い曳きごっこをして遊びましょうよ。お繁の気まぐれには慣れてるし、また糸島は彼女の命令とあらば、どんなことでもきかねばならぬ。それに彼自身、そういう遊戯に興味をかんじないでもなかったのでしょう。そこで、お繁の手に乗ってしまったわけです」

「なあるほど」

署長は感心したように首をひねった。

「それから去年のことですがねえ。ぼくは思うのだが、糸島は風間のところへ、名乗って出るよりだいぶまえから、お繁の居所を突き止め、お繁にあっていたにちがいない。その時分お繁はまだ、細かいプランはたっていなかったが、さっきも申しましたとおり、男の顔を見た瞬間から、殺意をかんじていたのだから、無意識のうちに、後日の計画に役立つような行動をしていたわけです。さて、糸島が現われたとき、お繁は蒼白い怒りをかくしてこういうんです。自分にはいま旦那がある。しかもその旦那というのは、かなり凄《すご》い男である。乾分《こぶん》も大勢持っている。うっかり、あんたと密会しているところを見付かると、どんなことになるか知れやしない。だから、この家へは来ないでね。あたしの方から会いにいくから。……そして彼女は、旦那や旦那の乾分に見付かっても、分からないようにするためであると称して、変装して出かけるんです。そして、そこに桑野鮎子という仮装の人物をデッチ上げたんです。更に彼女はまたこういう。こういうことといつまでも続きゃあしないわ。いつか旦那にわかって、暇が出るにきまっているわ。だから、そのときの用意に、いまからダンサーでもしておくわ。……何しろその時分には、風間はもうその女に秋風が来ていたし、何しろ十三人も、お妾を持っているこの男のことだから……」

「馬鹿をいえ！」

風間はむつかしい顔をしてさえぎると、それでもいくらか赧《あか》くなって、つるりとさかさに顔を撫であげた。

「あっはっは、十三人ではまだ不足かい。いや、ごめん、ごめん。どっちにしてもその時分風間は、お繁のところへかなり足が遠のいていたから、お繁は十分、そういう二重生活が出来たのです。ところがそのうちに、お繁は小野千代子という女のことを知った。糸島がその女といっしょにかえって来て、いまでも、面倒を見ていることを嗅ぎつけた。糸島が小野の面倒を見ていたのはむろん親切ずくじゃない。いずれそのうちに、闇の女にでも売りとばそうという魂胆なのだが、お繁はその女を利用しようと思いついた。しかし、その頃のお繁の計画は単純なもので、即ち、糸島を殺しておいて、小野千代子に罪をきせようと、まず、それくらいの魂胆だったろうと思うんです。そこで恰《あたか》も、自分が小野であるかの如き印象を、ほかのダンサーたちに与えようとした。ところで問題のスーツ・ケース、C・Oという頭文字の入ったスーツ・ケースですが、ぼくはそれを見たという、ダンサーに訊ねてみたんですが、それは相当かさばった、しかも、一見して女持ちとわかるような派手なものだったそうです。ところで、当の小野千代子は、顔に泥だの煤だのを塗ってまで、男になりすまして、満洲から南下して来ているのだから、そんなスーツ・ケースなんて、持ってかえれる筈がない。だから、ぼくは、お繁と鮎子が、おなじ人間であることに気がつく以前から、鮎子は小野千代子ではないと思っていたんです。さて、こうして何んとなく、計画は立てたものの、さすがに当時は、それを実行する勇気を欠いていた。人を殺す、それも女が男を殺すということは、なんといっても大事業ですからねえ。だから、彼女は計画をあたためながら、静かに時の熟するのを待っていた。ところが、そこへ、彼女にとって恰好の人物が現われた。それが即ちあの日兆君なんです」

金田一耕助はそこで言葉を切ると、虫でも背筋へ落ちたように、ブルッとはげしく身をふるわした。ほかの連中も暗いかおをして、ほうっと暗いため息をついた。金田一耕助はまた言葉をついで、

「『黒猫』の六畳の障子のガラスに、紙が貼ってあることは、みなさんも御存じでしょう。ところがあの紙は、ちかごろ貼ったものじゃなくて、去年、糸島夫婦がそこへ移ると間もなく、貼ったものだそうです。その理由を、お君ちゃんはこ

ういっていました。日兆さんが裏の崖から、マダムを覗いて仕方がなかったんです。あのひとすこし変よ。変態かも知れないわ。――お繁はそれを利用した。つまり日兆を手なずけて、犯罪の片棒かつがせようとしたんです。さっきも申し上げましたとおり、ぼくの仮説に矛盾するのは、唯一つ、日兆君の証言があるばかりです。しかし、ぼくは自分の仮説に対して、しだいに確信をつよめたから、日兆君は嘘を吐いてるとしか思えなくなった。ひょっとすると日兆君は、鮎子に変装したお繁を見て、かれ自身、騙《だま》されたのじゃないかとも思いましたが、それにしては、かれの行動のすべてが、ひどくお繁の計画に都合よくできている。日兆君のあの証言、あれは為さんに、最初の証言の矛盾を指摘されたために、やむなく、本当のことをいったというようになっているが、ナニ、為さんのことがなくても、いずれ時を見て、申し立てるつもりだったんです。それにまた、屍体を掘り出した時期ですが、日兆君は、かれの話がほんとうだとしたら、なぜ、『黒猫』が空き家になった十四日か十五日に掘り出さなかったのだろう。その頃、屍骸が掘り出されていたら、腐敗の度もまだそれほどひどくはなく、あるいは相好の見分けもついたのではないか。これを逆にかんがえると、日兆君は、相好の見分けがつかなくなるのを、待っていたのじゃないか……ぼくは、確信をもっていいきれると思うのですが、あの屍骸はあそこに埋めてあったのじゃない。あの庭には十四日の晩までは、黒猫の屍骸が埋めてあっただけだと思う。では、あの屍骸はどこにあったか。あの墓地です。糸島の屍骸のあったところです。あそこへ埋めておいて、相好の見分けがつかなくなるのを待っていた。そして、二十日の晩、いよいよ、お誂えむきの状態になったので、日兆君が掘り出してかつぎ出し、あらためて『黒猫』の庭へ埋めた。即ち、長谷川巡査が見つけたのは、日兆君が死骸を掘り出したところじゃなく、屍骸を埋めたところなんです。かれはむろん、長谷川巡査が毎晩そのころ、巡廻して来ることを知っていた。そこで、いかにもいまそこから、掘り出したように行動してみせたのです」

一同はまた、暗いため息をついた。なんとも救いのないドス黒いかんじであった。

「さて、話がすこし前後しましたが、お繁はこういうかっこうの共犯者を見付けたので、そこで改めて計画を練りはじめたのですが、さすがに半年たっているだけに、まえの計画より大分手がこんで来ました。彼女はまず、自分が殺されたものになろう。そして、その疑いを亭主に向けておいて、これをひそかに殺し、屍骸をどこかへかくしておこうと、こう考えた。これによって、彼女は二重の目的を達することが出来るんです。鮎子を殺すという宿望を果たすとともに、自分というものの存在を抹消することが出来る。さて、こういう計画に使う道具として、いや、道具というより犠牲者として、まえのつづきで、小野千代子をえらぶことにしたんです。小野は糸島の手で売りとばされていたが、お繁は彼女の居所を知っていたんですね。小野は売りとばされるとき、さすがに恥じて本名をかくしていたから、あとで小野の名前が問題になっても、彼女をかかえていた家――それは私娼窟《ししょうくつ》ですが――でも気がつくまいと、お繁は安心していたのでしょう。そこで、さっきから申し上げて来た、一人二役で鮎子という、幻をつくりあげたばかりか、それを更に真実らしく見せるために、さかんにやきもちを焼いてみせた。ところが、さっきもいいましたが、彼女はその際、一度も女の名を口に出したことはなかったんです。あのひととか、あの女とかいっていた。亭主はそれを、小野千代子のことだと思って苦りきり、お君ちゃんや二人の女は、それを鮎子のことだと思いこんだんです。いや、そう思わせるように、お繁は用心ぶかく、たくみに口をきいていたんですが、これなども、まったく巧妙なもんだと思いますね」

そこでまた金田一耕助は、言葉を切ってひといきついたが、すぐまたあとをついで、

「話が長くなりましたから、これからさきは、なるべく簡単にお話しすることにいたしましょう。いや、もうぼくがお話しするまでもなく、すでに御承知のとおりですが、こうして準備工作が出来上がったので、いよいよ、本格的工作にとりかかることになった。あの恐ろしい二月二十八日、亭主の糸島が物資仕入れに出かけた留守へ、可哀そうな小野千代子を呼びよせ、これを一撃のもとに殺してしまった。実際に手を下したのは、お繁か日兆か知りませんが、これはどっちだって同じことでしょう。さて、その屍体は日兆がかついでかえって、あの墓地へ埋めておいた。そのあとでお繁は黒猫を殺し、亭主を瞞着《まんちゃく》した。また、お君ちゃんの印象にのこっていた、鮎子のパラソルを店のテーブルにおいとくことも忘れな

かった。それから自分は悪いドーランを顔に塗り、おできをいっぱいこさえて、ひきこもってしまった。これが殺人第一号ですが、恐ろしいのはこの殺人はお繁にとって、ほんとうの目的ではなかったことです。むしろ、これは、つぎに起こった、殺人第二号の予備工作に過ぎなかったんです。殺人第二号は十四日の晩に行なわれました。

『黒猫』を引き払い、G町の交番のまえをとおった糸島とお繁のふたりは、それからすぐに蓮華院へ入っていった。どういう口実でお繁が亭主を、そこへ引きずりこんだのか知りませんが、これは、何んとでも口実のつけようがありましょう。ここで糸島は殺されたのですが、今度は疑いもなく手を下だしたのは日兆だったと思います。さて、その屍骸を墓地へ埋めてしまうと、お繁は当分、蓮華院の土蔵のなかにかくれていることにした。燈台下暗しといいますが、これはまったく、うまいかくれ場所ですよ。こうして土蔵の中における、お繁と日兆の奇怪な生活がはじまったのですが、ここでお繁にひとつの誤算があった。それは、日兆が思ったほど、馬鹿でなかったということです。お繁はかれの異常さを利用していた。

日兆ならかなり並み外れた言動でも疑われずにすむ。そこを利用していたのですが、その異常さが、今度はお繁を裏切ったんです。日兆はお繁を自分のものにすることが出来たが、決して心を許していなかった。だから、土蔵を出ていくときには、いつも厳重に錠をおろして、お繁を中へ閉じこめていったんです。そして、この事がお繁の破滅を招いたわけです」

金田一耕助の話はそれで終わった。しばらく一同は黙然として、めいめいの視線のさきを眺めていた。誰もかれも、口を利くさえ大儀なようにみえた。

「お繁はいったい、あの日兆をどうするつもりだったろう」

しばらくして、ボソリとそういったのは村井刑事であった。金田一耕助はそれに対して、出来るだけさりげない調子でこたえたが、それでも、声のふるえるのを抑えることが出来なかった。

「どうせ、ただではおかなかったでしょうね。今度の事件のほとぼりがさめたころ、坊主頭の屍骸がひとつ、またどこかで、見付かるという寸法だったでしょう。それではじめて、お繁は枕を高くして、新生活へ入れるわけですからね」

それから、かれは署長をふりかえって訊ねた。

「ところで、あの日兆はどうしました?」

署長はそれをきくと、ものうげに首を左右にふって、

「どうもいけません。昨日、署まで来てから、騙《だま》されたことに気がついたのですね。にわかにあばれ出したそうで、みんなで寄ってたかって取り止めようとすると、急に泡をふいてひっくりかえって……ひとつには、お繁との奇怪な恋の生活が、つよく影響しているんでしょう。意識は取り戻しましたが、当分正気にかえることは、むつかしいだろうという話です」

一同はそこでまたほっと暗いため息をついて、長いあいだ黙りこくっていたが、その重っくるしい空気を弾きとばすように、元気な声で口を切ったのは風間であった。

「いや、陰惨な事件で、すっかり気が滅入っちまいました。ひとつ悪魔払いに、熱いやつをいいつけましょう」

そして、かれは手を鳴らした。

結尾

さて、このドス黒い記録を閉ずるに当たって、私は最後にもう一度、金田一耕助からの手紙を掲げることにする。

Yさん、結局この事件も、あなたのおっしゃる「顔のない屍体」の公式を、大して外れているわけじゃなかったのですが、そこへ一人二役という、別のトリックがからんで来たから、事件が複雑になったのです。あなたはいつかおっしゃった。一人二役は最後まで、伏せておくべきトリックであって、それを読者に看破されたら作者の負けであると。その事は小説のみならず、実際の事件の場合でもそうでした。あの鮎子という女が、お繁の二役であるということを、私が見破った刹那、お繁は完全に敗北したのです。ところでYさん、あなたはこの一人二役を見破ることが出来ましたか。（後略）

私は正直にいうが、見破ることが出来なかった。読者諸君はいかに？

本書は、昭和四八年四月に角川文庫より刊行した『金田一耕助ファイル2　本陣殺人事件』を底本に再編集したものです。なお本文中には、坊主、女中、内地、その男の二号か三号におさまって、情婦、人夫、畸型、給仕、気ちがい、雲助、女給、気が狂ったように、妾など、今日の人権擁護の見地に照らして使うべきではない語句や不適切な表現があります。しかしながら、作品全体を通じて差別を助長する意図はなく、執筆当時の時代背景や社会世相、また著者が故人であることを考慮の上、原文のままとしました。

（編集部）

100分間《ぷんかん》で楽《たの》しむ名作小説《めいさくしょうせつ》

黒《くろ》猫《ねこ》亭《てい》事《じ》件《けん》

横溝正史《よこみぞせいし》

令和6年 3月25日　初版発行
令和6年 11月15日　3版発行

発行者●山下直久

発行●株式会社KADOKAWA
〒102-8177　東京都千代田区富士見2-13-3
電話　0570-002-301(ナビダイヤル)

角川文庫 24088

印刷所●株式会社暁印刷
製本所●本間製本株式会社

表紙画●和田三造

●お問い合わせ
https://www.kadokawa.co.jp/（「お問い合わせ」へお進みください）
※内容によっては、お答えできない場合があります。
※サポートは日本国内のみとさせていただきます。
※Japanese text only

ISBN 978-4-04-114819-8　C0193

◇◇◇